DIDBOMÉ
A EPOPEIA DE UMA NAÇÃO
NEI LOPES

RAPSÓDIA

AGIR

Copyright © 2010, Nei Lopes

Capa
KIKO FARKAS E THIAGO LACAZ/ MÁQUINA ESTÚDIO

Projeto gráfico e diagramação
LETRA E IMAGEM

Preparação de original
JORGE AMARAL

Revisão
ANDRÉ MARINHO
REBECA BOLITE

Produção editorial
MAÍRA ALVES
ANA CARLA SOUSA

CIP-BRASIL. CATALOGAÇÃO NA FONTE
SINDICATO NACIONAL DOS EDITORES DE LIVROS, RJ

L158O

Lopes, Nei
    Oiobomé: a epopeia de uma nação / Nei Lopes. — Rio de Ja-
neiro: Agir, 2010.

    ISBN 978.85.220.1033-2

    1. Ficção brasileira. I. Título.

CDD: 869.93
CDU: 821.134.3(81)-3

Texto estabelecido segundo o Acordo Ortográfico da Língua
Portuguesa de 1990, em vigor no Brasil desde 2009.

Todos os direitos reservados à
EDITORA NOVA FRONTEIRA PARTICIPAÇÕES.
Rua Nova Jerusalém, 345 – CEP 21042-235
Bonsucesso – Rio de Janeiro – RJ
tel.: (21)3882 8200 | fax.:(21)3882 8212/8313
www.ediouro.com.br

Com licença de todos os Santos e ancestrais,
africanos e indígenas, de todas as Américas!

EM MEMÓRIA DE

Agnaldo Manuel dos Santos, escultor
Agostinho dos Santos, cantor
Arlindo Veiga dos Santos, presidente da Frente Negra Brasileira
Armando [dos] Santos, sambista dirigente
Ernesto dos Santos (Donga), músico
Fausto dos Santos, futebolista, cognominado "a maravilha negra"
Gabriel Joaquim dos Santos, artista plástico
Hemetério dos Santos, filólogo e gramático
José Bispo Clementino dos Santos (Jamelão), cantor
Manuel Faustino dos Santos, revolucionário baiano
Manuel Francisco dos Santos (Garrincha), futebolista
Marcolino Dias dos Santos, comandante na Guerra do Paraguai
Moacir [dos] Santos, maestro
Olímpio Marques dos Santos, militante negro
Plácida dos Santos, atriz de variedades.

COM HOMENAGENS A

Daiane dos Santos, atleta
Deoscóredes M. dos Santos (Mestre Didi), líder religioso
Flávio dos Santos Gomes, historiador
Ivanir dos Santos, político
Joel Rufino dos Santos, escritor
José Eduardo dos Santos, político angolano
Larissa dos Santos Lopes, neta
Marco Aurélio Lopes dos Santos, sobrinho
Namir Lopes dos Santos, irmã
Vera Lúcia Couto dos Santos, miss Guanabara, 1965
etc.

SUMÁRIO

Prólogo, 11

O voo de Solonga, 15

O alferes, 29

Inferno verde, 43

Um certo Simón Palácios, 59

Às armas, cidadãos!, 77

Batucada fantástica, 97

A vitória é certa, 115

A nova Ruanda, 133

De Jabah a Apurinã, 153

A "Nova Essência", 183

Constitucionalidades, 195

O couro come, 205

Dominga, 213

Epílogo, 221

PRÓLOGO

Desde a primeira reunião, em casa do tenente-coronel Francisco de Paula Freire de Andrada, que sua presença se tornara um incômodo e um embaraço. Mas ele viera trazido pelo dr. Álvares Maciel, vestia-se humilde mas decentemente, era altivo porém respeitoso, suas ideias tinham bastante coerência, e era um dos amigos fluminenses do alferes Xavier. O fato, porém, de ser um negro, embora se dizendo livre e dono de alguns haveres, fazia dele um estranho naquela assembleia de bem-nascidos.

— Temos que ter mais cautela nos nossos convites, Aires. Afinal, este é um grêmio seleto e não um calundu... — cochicha Paula Freire no ouvido de Aires.

— Concordo inteiramente, Freire. E acho que alguns de nossos confrades não têm muita clareza da nossa proposta — acrescenta Aires, chegando à narina esquerda o lenço de alcobaça empoado de rapé, enquanto tapa o conduto direito, para inalar melhor.

— Nesse andar, a proclamação terá que ter uma versão em caçanje — caçoa o primeiro, dando vaza a mais uma das usuais e grosseiras pilhérias do interlocutor:

— Ou bunda, Excelência. Ou bunda...

O negro percebe ser o tema da conversa. Mas se mantém firme, esperando que lhe dirijam a palavra. Tem os argumentos organizados na mente. Principalmente a condenação total e irrestrita do trabalho escravo.

"A escravidão corrompe o escravo e o senhor", ele pensa.

Paula Freire é sobrinho do conde de Bobadela e comandante do regimento de Dragões; o dr. Maciel, que acaba de se formar em Coimbra, é seu cunhado; Gonzaga é o ouvidor; Aires Gomes é juiz; Alvarenga Peixoto, Cláudio e Vidal Barbosa vivem de rendas, nos bolsos e nos punhos, pois são simplesmente poetas; Oliveira Lopes, Abreu Vieira e Toledo Piza são militares de patente alta; Rolim, assim como Toledo e Melo, é padre... Então, o que faz aquele negro ali senão causar incômodo e mal-estar?

Chama-se Dos Santos. Francisco Domingo Vieira dos Santos. É um negro alto e espadaúdo, de feições duras sob a testa larga, a carapinha meio cheia e um arremedo de suíças descendo, crespas, até as mandíbulas. Tem mais de quarenta anos, idade que não aparenta, e nasceu na senzala da Fazenda Vieira, do português João Vieira dos Santos, ex-coronel do Exército de dom José I, na Freguesia de Irajá, província do Rio de Janeiro. Por nascer a 4 de outubro, no lugar do nome africano que só seus pais conheceram, ganhou o do santo do dia, Francisco. Por ser domingo, dia santificado, acrescentou-se o

"Domingo", assim mesmo, no singular; e após, o sobrenome de seu dono: Vieira dos Santos.

Tanto seu pai quanto sua mãe eram escravos de nação: ele, jeje; ela, nagô. O avô paterno, segundo se dizia, tinha sido um grande na corte de Agadjá, rei em Abomé, na costa dos Escravos. E tudo começara havia mais de meio século. Nas límpidas águas da Guanabara.

O VOO DE SOLONGA

Da janela do Colégio, no morro do Castelo, os olhos do jesuíta acompanham o majestoso barco (brigue? Bergantim? Patacho? Faluca?) entrando na baía. "É bonito o navio", avalia. E com que garbo ele, depois de vencer o Pão de Açúcar, passa por Santa Cruz, Villegaignon, avança e fundeia próximo à ilha das Cobras.

Mas... espere! O que veem os olhos do jesuíta? Do bojo nefando sai um bote. Com umas vinte cabecinhas pretas. Depois mais outro. E ainda outro...

É um infame tumbeiro! E mal sabe o religioso que, entre aquelas cabecinhas que ele vê lá longe, unidas pelo libambo covarde, está a do filho do Migan Yovô.

Migan Yovô — de quem nunca se soube nenhum dos nomes, apenas esse título, "migan", de seu cargo palaciano, ao qual se agregou o apelido, pois *yovó*, assim como *oyibó* em iorubá, significa "branco", na língua do Daomé — era o ministro do finado rei Agadjá, de Abomé, deposto e assassinado. E seu filho, talvez por ter a pele mais clara, vem para a América cumprir um destino que, afinal, não vai ser tão triste e infeliz como o de outros cativos.

O reino de Daomé, com sede no planalto de Abomé, crescera e florescera mais de cem anos antes, fundado por uma família de nobres vinda do litoral, do poderoso reino de Alladá. Expulsa por questões de sucessão e por pressão dos mercadores holandeses, aos quais se opunha, a família lá se estabeleceu. Com a morte do líder, seu filho mais velho tomou o poder e conquistou territórios vizinhos, numa expansão continuada por seus sucessores. No início desses Setecentos, o reino, firmemente estruturado, consolidava sua hegemonia exatamente pelas mãos de Agadjá, que, inclusive, tomou Alladá para seu povo, em uma guerra expansionista também continuada pelos herdeiros de seu poder.

Mas a reação não tardou a chegar. E ela veio de Oyó, poderoso reino iorubano, reduto de reis santos e guerreiros, que submete e avassala Abomé. Mas Oyó, que mais tarde será também dominada, está em luta com os fulânis do norte. E é nesse cenário de morte e destruição, com milhares de prisioneiros, de ambos os lados, sendo vendidos como escravos para as Américas, que o filho do Migan Yovô, depois de uma viagem de pesadelo, acaba por chegar à longínqua freguesia fluminense.

Não se sabe por que descaminhos, o bergantim, brigue, faluca ou patacho — não se sabe — em que ele vem não o desembarca em São Salvador da Bahia, como mais próximo e lógico, já que na Bahia estão os laços de comércio mais íntimos com o golfo de Benim e a costa dos Escravos. E por que o filho do Migan não é encaminhado para a região das Minas, como quase todos os de sua procedência?

Ele, o futuro pai de Francisco Domingo, não é um congo, um angola, um cabinda, um benguela, como quase todos os africanos em terra fluminense. Mas vem para o Rio de Janeiro, passando por um dos armazéns da rua Direita, dali sendo levado a um barco no cais da Prainha, para finalmente chegar ao porto de Irajá, no oeste da baía de Guanabara, onde fica a fazenda do coronel Vieira.

Na fazenda, cultivam-se todos os produtos da pequena lavoura, como hortaliças, legumes e raízes, além de frutas das mais variadas espécies. Nesse tempo em que o Rio de Janeiro extrai da terra, em termos de bulbos e raízes, quase que exclusivamente aipim, inhame, cará e batata-doce, a Freguesia de Irajá, através da vasta propriedade do coronel Vieira, é a única fornecedora de batata-inglesa às mesas mais refinadas. Dos campos do coronel Vieira é que sai, também, ainda boa parte do gado de abate destinado ao consumo da cidade de São Sebastião. E isso num momento em que, face à distância, o governo já começa a concentrar a pecuária de corte no Campo da Cidade, nas proximidades do centro administrativo e financeiro.

Apesar de grande e com um plantel de escravos considerável, a fazenda tem uma rotina relativamente tranquila. E, assim, o crioulinho Domingo nasce nesse ambiente, cerca de dois anos depois da chegada do pai a Irajá; e fruto de uma inconcebível relação deste com uma mulher de Oyó, nação inimiga.

Assim, o moleque Francisco Domingo, esperto e inteligente, vai crescendo.

De início, confunde muitas coisas, cada um atribuindo a elas nomes diferentes. Mas a mãe vai aos poucos mostrando, apontando.

— Ilê...
— Mas coronel fala "casa"...
— Malu...
— Luzia diz "ngombe".
— Babá...
— Meu pai?
— Seu pai, sim! Aquele! Filipe... Jeje...

Mas a tranquila rotina da fazenda do coronel Vieira, que tem até mesmo uma escola, é exceção. E logo o pequeno Domingo, indo a trabalho a um estabelecimento vizinho, se dá conta disso.

O dia amanhece e o capataz tenta abrir uma porta, sem sucesso.

— Merda! Alguém mexeu aqui. Como é que ontem eu entrei? Será que eu tava bebo? Ou aqui tem bruxaria? Que que há, Tibelo? — O brutamontes fala consigo mesmo. No momento em que fala, começam a sair de suas senzalas os negros que vão para o eito. E a porta é exatamente a do depósito das ferramentas.

Então, ele se coloca à frente da saída, para observá-los um a um, como um general que passa em revista sua tropa. Até que percebe uma escrava tentando se esconder atrás de um companheiro.

O capataz parte para ela. E vê, num misto de surpresa e alegria, que é uma negra de meia-idade que estava desaparecida havia alguns dias e já era dada como fugitiva. Ao agarrá-la pelo pulso, percebe mais três escravos na mesma situação e chama reforço.

— Cipriano! Amaro! Mulexê! Ajuda aqui!

Rapidamente, os ajudantes surgem e subjugam os fugitivos, amarrando-os pelo pescoço, num libambo. E Tibelo começa o interrogatório:

— Vem cá, mãe Tomásia! Onde é que vosmecê andava? Tava passeando, hein? — A ternura fingida é acompanhada de um violento e doloroso golpe estrangulador.

— Io tavo ni mato, nhônhô... — responde a negra, quase sem poder falar.

— E que que cê foi fazê no mato, nega sem-vergonha? Sacanagem é, sua puta velha?!

O bofetão estala humilhante, constrangendo os outros negros que esperam a ida para o eito, em formação quase militar. O negrinho Domingo se cose à parede, tremendo de medo.

— E como é que entrou aqui de volta? Anda! Fala! — Tibelo está intrigado com a coisa da fechadura.

— Pera porta, nhonhô...

— E quem abriu se vosmecê não tinha chave? E quem fechou depois, que agora eu não consigo abrir? Anda! Fala!

A última ordem é acompanhada de mais um violento bofetão no rosto da negra. Mas Tomásia não fala. Não pode falar. O capataz, cada vez mais furioso, desfaz o laço que prende Tomásia ao libambo e a joga no chão.

— Vou te matar, sua nega feiticeira!

Os ajudantes já sabem o que fazer. E tão logo a escrava é arrojada ao solo, pegam-na pelos braços e pelos pés e a amarram com uma corda transpassada numa trave do teto, de cabeça para baixo.

O negrinho Domingo assiste à cena, olhos esbugalhados, tremendo de horror. Vê os outros presos sendo levados amarrados, e os demais, cabisbaixos, partindo para o trabalho. Ele não sabe, mas Tomásia vai ficar ali, pendurada pelos pés, sufocando, o sangue descendo todo à cabeça, supliciada até a morte.

A tortura física, como ele depois irá saber, é o método mais extremo utilizado pelos fazendeiros e seus prepostos para, através da desmoralização e da dor, quebrar a resistência dos cativos e impor seu domínio sobre seus corpos e mentes. E os meios são os mais variados, desde os mais simples até os mais complexos: a máscara de folha de flandres, que impede de comer e beber; a roda-d'água, em que o escravo é preso no aro, tendo a cabeça mergulhada a cada volta do círculo; a gargalheira, espécie de colar de ferro imobilizante; o tronco, cepo de madeira com cinco buracos onde a vítima é presa pelos pés, mãos e cabeça... São muitos os meios e os instrumentos, variando de acordo com a inventiva e a crueldade de cada senhor. Mas nem todos são assim desumanos.

O coronel Vieira, por exemplo, chega a ser objeto de galhofa por parte de seus pares e vizinhos:

— Vieira quando morrer vai pro céu!

— Onde já se viu dar escola pra moleque?

— Pra aprender latim.

— Vai pro céu.

— E vai ser recebido lá por um coro de demoninhos pretos, vestidos de vermelho... Um coro de urubus tocando urucungo.

— Urucungo e marimba...

— Eta céu dos infernos, hein, compadre!

Alguns dias depois, a Freguesia de Irajá, tão carente de sucessos ou eventos, amanhece aparelhada como que para uma grande festa. Pelas duas horas da tarde, o som marcial da fanfarra do regimento da guarnição, especialmente chegada na noite anterior, já enche a pracinha em frente à igreja. E no meio da praça, alta, de quase três metros, símbolo da autoridade do vice-rei, ergue-se a torre de toras de árvore, troncos e lenha seca.

Cerca de uma hora depois, sai, por detrás do cemitério da Irmandade, a procissão fúnebre, guardada por três pares de cavaleiros, tendo à frente o vigário-geral. Atrás dele, envergando suas opas roxas, os irmãos da Apresentação, mais o séquito de beatas e, finalmente, o réu. Como plateia, literalmente toda a população da Freguesia, na qual se inclui o povo dos arraiais mais afastados — Quitungo, Areal, Barro Vermelho, Rio das Pedras...

O convicto foi condenado pelo Santo Ofício. Seus crimes são os de sempre: bigamia, blasfêmia, feitiçaria. Mas o que realmente o leva até ali são as fartas provas de conjuração para "alçamento e comoção de povos", no que as autoridades coloniais estão cobertas de razão.

Solonga — esse o nome do condenado — é o chefe de um florescente quilombo descoberto nas matas do Pau-Ferro. Lá, reuniu quase cem fugitivos da escravidão, os quais, cada dia mais fortemente armados, tramavam a derrubada da autoridade eclesiástica, a morte de todos os fazendeiros da região, a libertação dos escravos e a consequente volta de todos eles — não se sabe como — para as terras do outro lado do oceano, onde tinham nascido ou de onde tinham vindo seus pais ou avós.

Três, quatro horas da tarde, Domingo vê o negro Solonga impassível, distante, a mente vagando, talvez, quem sabe já atravessando o mar grande, em busca da Ruanda ou da Guiné.

— Isto posto, condeno o réu à pena de morte por fogo — o meirinho lê a sentença —, sendo declarado infame, assim como seus filhos e netos, se os tiver; sendo seus bens, se os houver, confiscados em proveito do Real Erário; sua residência, se existir, arrasada, e o respectivo terreno, salgado para que nunca mais nele se edifique e, no local, seja erguido um padrão pelo qual se conservará a infâmia do abominável, condenado *ad perpetuam rei memoriam.*

Domingo tenta entender o latim. Mas logo fixa-se no padre, que abre o ensebado livrinho de capa preta, tinto de vermelho no rebordo das páginas, para ler, a voz cansada, a conhecida passagem do Eclesiastes:

— "Obedecei às ordens do rei, uma vez que, na presença de Deus, vós jurastes ser fiel a ele. O rei pode fazer tudo o que quiser. Não tenhais pressa em sair da presença dele e não insistais em fazer coisas erradas..."

Um bando de maritacas passa em direção ao mar, fazendo algazarra. Voam no rastro de Solonga, buscando também aquela mítica e difusa Guiné ou a Ruanda — lugar de natureza tão privilegiada e bela que os deuses, quando cansados das atribulações que os humanos lhes causam na Terra, vão para lá descansar.

— "O rei age com autoridade" — o padre prossegue, sonolento — "e ninguém pode reclamar do que ele faz. Enquanto obedecerdes às ordens dele, nada de mal vos acontecerá..."

A plateia já se impacienta com o longo exórdio. O negrinho Domingo também, num misto de curiosidade e terror. Afinal, o que se quer é o espetáculo! Mas o padre já inicia o Credo, que é rezado com mal disfarçado entusiasmo pela multidão em uníssono.

Terminada a oração, o condenado é amarrado ao poste de madeira que integra a pira de lenha; e seu corpo é embebido em óleo combustível. Isso feito, a tocha incandescente, lançada por um dos guardas, acende a fogueira, numa explosão surda, e altas labaredas sobem ao céu crepitando. Mas então — ah! — sabe-se lá por que artes de que deuses africanos, talvez Aganju, talvez Xangô, talvez Zaze, talvez Hevioçô — ou quem sabe Elegbá —, o negro Solonga, corpo em chamas, desprende-se do poste e transforma-se ele mesmo numa tocha humana, num aríete em chamas (ou um pássaro de fogo, atravessando o mar em busca de Ruanda?), e risca o céu, iluminando a noite que já começa a cair sobre a Freguesia de Irajá.

Domingo, agora já quase homem feito, jamais esqueceu o voo de Solonga. Uns dez anos passados. E vai lembrando agora, no caminho tortuoso que leva à mata lá em cima — ou ao "camuxito", como diz Ti' Tonga.

De cada trilha, de cada viela, de cada bengo do caminho, vão saindo um, dois, três pretos ou pretas, alguns a cavalo, sempre inteiramente vestidos de branco, que vão formando uma espécie de procissão. São os camanos — como Ti' Tonga explica —, os membros da confraria, todos em busca de paz, saúde e de uma temporária liberdade.

Chegam à lareira e outros pretos já lá estão, preparando o templo a céu aberto, que se arruma sob a noite alta, densa e estrelada. Entre eles, Domingo, agora já quase homem feito, identifica o velho chefe e oficiante da cerimônia, o embanda — como aprende depois —, e dois auxiliares, seus cambones.

Um deles acende a fogueira. E as labaredas, crepitando, logo se alteiam, aquecendo, avivando e iluminando toda a clareira. Domingo lembra a fogueira de Solonga, lá se vão alguns anos.

O outro cambone acende as velas: primeiro quatro, ritualisticamente, saudando cada um dos pontos cardeais. Depois, mais sete, catorze, vinte e uma, definindo e cercando a área do templo sem paredes. Então, o embanda, cabeça coberta com um lenço e convenientemente descalço, em sinal de respeito, dá início aos trabalhos, num cântico arrastado:

Licença, Calunga ê!
A bença, Zambiapongo!

O coro responde à toada. E Domingo, agora, inevitavelmente, compara o que presencia com as rezas daquele homem que sua mãe apontava como seu pai. E que todos diziam ser um grande dos jejes de Abomé. Aquele homem, a quem tanto temeu quanto admirou.

A língua é outra, os cânticos são bastante diferentes. Mas a intenção e o espírito respeitoso e contrito que presidem a cerimônia lhe parecem os mesmos.

Não há tambores, batem-se palmas. As mentes não estão voltadas para as areias litorâneas da Guiné e sim para a Ruanda, aquela vasta extensão verde, de savanas e rios poderosos, floresta adentro, onde moram os deuses congos. Mas ainda assim tudo parece extremamente familiar.

O avô que Domingo não conheceu era um grande na corte de Abomé. E o filho desse avô trouxe consigo, na Grande Travessia, o vodum Hevioçô de sua família. Era a ele, que luta jogando pedras e botando fogo pela boca, que o pai do negrinho, já falecido, rendia culto e pedia proteção contra os males do mundo. E é ele que agora vem ao pensamento de Domingo, diante da fogueira ainda alta, como no voo de Solonga, e a dança da chama das velas; vendo o cambone entregar ao embanda a cuité com vinho e um pedaço de raiz ainda verde.

O velho leva a raiz à boca, morde com violência e mastiga o pedaço arrancado. Ato contínuo, sorve um pouco do vinho na cuité e sopra, borrifando os presentes, que recebem aquele "sereno" como uma bênção, várias vezes repetida, cada uma na direção de um grupo de camanos.

— Ti' Sioka tem muita força!... — Tonga sussurra, elogiando o velho embanda, que puxa um novo cântico, sempre respondido pelos fiéis, ao ritmo compassado das palmas.

Domingo já bate palmas também. Ti' Sioka, mãos para trás, corpo retorcido, um esgar no rosto fosco e vincado, já não é ele mesmo — como o visitante também já não é, uma zonzeira, uma força externa girando seu corpo, segurando-o pela cabeça.

Ti' Tonga o faz passar três vezes por baixo da perna do velho embanda. Então, bate-lhe as folhas, ateia fogo na fundanga, que explode e o envolve numa fumaça branca. E aí Ti' Tonga sabe que seu jovem amigo já não se pertence mais.

Nove dias depois, ele está sendo iniciado como camano da confraria. Os rituais e os espíritos não são os mesmos de sua família. Mas Domingo, por seu grande fervor místico, vai aos poucos associando uns a outros. Como associa também os santos dos brancos. Porque sabe que todos os espíritos são força, e força nunca é demais. Assim, vai tomando especial afeição por aqueles mais fortes e violentos.

— Cafioto vai sê grande! Vai fazê imbala, cidade, Guiné... — vaticina, enigmático, um guia incorporado.

Independentemente das ideias que desenvolve, Domingo, escravo de um senhor realmente cristão, piedoso e liberal, cumpre bem seus deveres. E pela instrução que recebeu e vem aprimorando, trabalha controlando a produção, a venda e o transporte dos gêneros que saem da fazenda, por mar ou por terra, em direção aos mercados abastecedores da cidade. Mantendo, igualmente, numa parte da fazenda, o seu quinguingu, também produz e vende bastante, por sua própria conta, e vai amealhando algum dinheiro.

Mas, alguns anos depois, o coronel Vieira, velho e alquebrado, resolve lhe conceder alforria. E ele, não obstante, permanece em sua casa na fazenda, cuidando de seus afazeres, instruindo-se cada vez mais, em magia e política, e sempre juntando dinheiro.

Já tendo a seu serviço três escravos, os quais trata com a mesma atenção que recebe, vai com bastante frequência à rua Direita cuidar de negócios, ao trapiche do Ver-o-Peso e ao cais de dom Manuel — modernizado pelo vice-rei Vasconcelos —, onde já é mais conhecido como "Dos Santos".

Pois Domingo dos Santos, "mesmo preto, é um homem bem-apessoado", como até mesmo as mulheres de seus inimigos reconhecem. Altivo e desempenado, admira uniformes paramilitares, como os trajes de caça da aristocracia francesa, anos atrás. Mas como não é militar e o estilo rococó já é passado, exibe sua natural e máscula elegância em trajes de cores sóbrias, casaca ou *spencer*, culotes, botas de montaria até os joelhos, gravata e cartola.

Logo, então, resolve casar-se. E para mulher escolhe Natalina, uma mulata bonita, quinze anos mais nova, com quem já mantém relacionamento. Do casamento nasce um casal de gêmeos, o que Dos Santos não vê como bom augúrio, no que é tranquilizado pela mulher, que é católica praticante e não acredita em superstições. As crianças nascem em setembro, próximo ao dia dos santos Cosme e Damião. A menina, obviamente, recebe o nome de Damiana; e o menino, pelo fato de o pai já ter interesses no comércio de óleo de baleia na baía de Guanabara, quase recebe, por sugestão da mãe, o nome de Jonas, em evocação à passagem bíblica do profeta. Mas Dos Santos, aí, não abre mão de sua tradição ancestral. E já que não pôde dar à filha o competente nome africano, lembra que, entre seu povo, o nome do gêmeo masculino é sempre Doçu. E assim apresenta o menino aos astros, à floresta, ao mar, à natureza: Doçu!

O ALFERES

Nas límpidas águas da baía de Guanabara, um dos pioneiros na contratação da pesca de baleias e do óleo delas extraído foi Antônio Brás de Pina. Proprietário de vastas terras na Freguesia de Irajá, seus herdeiros souberam manter e multiplicar, após sua morte, não só o capital acumulado pelo patriarca como as sólidas ligações de amizade e negócios por ele construídas.

O velho coronel Vieira era amigo dos Brás de Pina e dos Cordovil de Siqueira e Melo, vizinhos e parceiros. E foi assim que Dos Santos, sozinho no mundo, forro e com algum capital, conseguiu também entrar no comércio do óleo de baleia, o qual lhe é fornecido a bom preço no cais de dom Manuel. E, nesta quase noite de terça-feira, quando regateia antes de fechar negócio com o capitão de um barco recém-entrado na baía, ele vê aproximar-se o alferes.

Tem cerca de trinta e cinco anos o militar. Veste — por puro orgulho, pois está licenciado — o uniforme de oficial do

Regimento Regular de Cavalaria das Minas Gerais, impecável, com o chapéu de três bicos, as botas de perneira, a espada na cinta. O rosto moreno caprichosamente escanhoado, trescalando água de cheiro, Dos Santos vê que é um homem de trato; e que fala bem.

— Nossa primeira indústria ainda é esta. Meramente extrativa — comenta ele, em tom desalentado, fitando o cetáceo abatido, no convés da embarcação. — Os marotos aproveitam, da baleia, desde o óleo até as barbatanas. O único trabalho é pescar.

Dos Santos estranha um pouco a intromissão. Mas, inteligente, estudioso e bem-informado, não tem como negar razão ao alferes, que agora verbera contra os pesados impostos que recaem sobre o povo fluminense e os brasileiros em geral.

— No início, nós só pagávamos o dízimo da Alfândega. Depois, com a justificativa do abastecimento d'água, veio o imposto sobre os vinhos. — O militar agora olha fundo nos olhos do negro. E este começa a perceber que está diante de um afim, de alguém que, apesar da diferença, compartilha de suas ideias de liberdade e progresso.

Assim, apresentam-se:

— Dos Santos, às suas ordens...

— Xavier, um seu criado.

Um forro e comerciante, o outro alferes, curador, tirador de dentes e autor de um projeto de abastecimento d'água para a cidade. Um negro e o outro quase branco, como branco da terra que é. Ambos sabendo algo de latim, matemática, francês, da lógica da vida; e, tendo lido o que lhes foi possível nesta quadra opressiva, bastante informados sobre os problemas da colônia e quiçá do mundo.

Dos Santos, já estabelecido no Rio, relaciona-se mal com as autoridades fiscais portuguesas. E sem jamais se esquecer de Solonga, de mãe Tomásia sufocando, de Ti' Sioka riscando a fundanga, ouve o Alferes e se impressiona com sua visão de progresso e liberdade.

— E o imposto sobre a arroba de açúcar? Oitenta réis sobre o branco e quarenta sobre o mascavo! É ou não é um absurdo?

O capitão do barco baleeiro conhece o negro e sabe de sua atividade. Entretanto, mesmo sabendo que é um negro livre e com estudos, o marítimo estranha o modo pelo qual o militar o trata, como se fosse não só um igual mas um velho amigo.

— Dois réis sobre a arroba do fumo e cinquenta sobre o couro do boi. É possível isso?

Gente que passa se entreolha. E alguns se afastam, medrosos, daquela conversa perigosa.

— Já pagamos imposto sobre a aguardente da terra e do reino; sobre os contratos de azeite doce; sobre os do tabaco...

Dos Santos pega a deixa. E ousa:

— ...e os da baleia. O pobre azeite de baleia é que paga as côngruas do bispo, dos cônegos e de todos os dependentes e beneficiários do bispado.

Os dois perderam completamente a noção do perigo. Afinal de contas, estão falando, vozes alteradas, sobre aquilo que nunca se fala. Estão indo de encontro às determinações da Coroa. E estão quase fazendo uma conclamação popular.

— E os monopólios? — Xavier aprofunda a denúncia. — Há cem anos, por culpa dos holandeses, criou-se a Companhia do Comércio. E aí veio o monopólio da venda do azeite, do vinho, do bacalhau e da farinha de trigo. O monopólio da carne verde...

— Desde o tempo dos Sá, os benefícios vão sempre para os mesmos protegidos da Corte — Dos Santos interrompe, com a concordância do alferes. — Onde é que vamos parar, meus senhores?!

O negociante, súbita e inteiramente inflamado pela chama — lá vai Solonga! — que lhe ateara o alferes, quase que acaba por esquecer o que lhe trouxe ao cais de dom Manuel nesta terça-feira, com a noite já agora caindo. E o capitão do barco, precavido e temendo complicações, deixa a mercadoria aos cuidados de dois escravos e já vai longe, subindo a ladeira da Misericórdia, em busca de falas mais brandas, talvez de amores, no alto do morro do Castelo.

O encontro fortuito no cais de dom Manuel acaba sendo o início de uma amizade marcada por algumas semelhanças e muitos interesses em comum. O alferes é chefe do destacamento dos Dragões do Tijuco, na região das Minas. Mas, apesar da farda que, naquele dia, não se sabe se por vaidade ou por premonição, tivera vontade de envergar, estava licenciado; e algo lhe dizia que a baixa era iminente.

— Estou no posto de alferes há cinco anos, estacionado, sem conseguir progredir. Todo mundo me diz que já era mais do que tempo de eu ser promovido pelo menos a tenente. Mas meu nome nunca é lembrado. Ou talvez seja lembrado demais.

Dos Santos também estranha. E atribui o caso a talvez alguma antipatia pessoal, alguma intriga. Afinal, os atos de promoção, assim como os castigos e as punições, são determinados na metrópole. E das Minas a Portugal, as palavras vão de um jeito e voltam de outro bem diferente. E vice-versa.

— Um lá, chamado Valério Manso — conta Xavier —, serviu durante seis anos sob minhas ordens e passou de soldado a tenente. Outro, por nome Fernando de Vasconcelos, foi meu cadete também por seis anos e ganhou promoção da mesma forma. Outro cadete meu, Antonio José de Araújo, foi mais longe ainda: nem chegou a ser tenente e foi logo a capitão. É muita injustiça, meu amigo! Muita, mesmo!

O comerciante, embora por sua antiga condição nunca se tenha nem imaginado um soldado de sua majestade lusitana, sabe que, em Portugal e na colônia, as boas relações, os compadrios, as curvaturas de espinha, a subserviência, enfim, fazem parte do grande jogo do poder. E percebe que o novo amigo, pelo brilho dos olhos, pela altivez, pela firmeza nos argumentos, não é de jogar esse tipo de jogo. E é por isso, sente, que começa realmente a gostar dele.

— A rainha dona Maria...

Xavier interrompe Dos Santos:

— Por graças de Deus, rainha de Portugal e Algarves, d'aquém e d'além-mar; em África, senhora da Guiné; da conquista, navegação e comércio da Etiópia, Arábia, Pérsia e Índia... — Xavier diz essa fala com uma mesura teatral, debochada.

— Dizem que ela não é lá muito boa da cachola. — Dos Santos arrisca a opinião — E parece também que os administradores militares nunca ficam muito atrás, não?

— Optei por pedir uma licença, sem soldo, para me dedicar à mineração, no porto do Menezes, no rio Paraibuna. Mas as despesas eram grandes e o resultado nenhum. Aí, desisti... Tem hora que eu fico pensando — Xavier fita o horizonte —: talvez fosse melhor eu só tratar dos meus doentes, aliviar as dores dos que precisam, me dedicar só à minha medicina, às minhas ervas, às minhas raízes.

Dos Santos ainda não sabia que Joaquim Xavier curava com raízes. E, sendo esse um conhecimento que também detém, a digressão é inevitável.

— A não ser as venenosas, as plantas têm sempre muita utilidade, na cura e na prevenção das doenças. O chá das folhas da goiaba e até mesmo o caule e o fruto fresco são muito eficientes nos casos de diarreia.

— A casca da manga, também...

— Até erva daninha, como a erva-tostão, que dá nos baldios, é curativa.

— É muito eficaz contra icterícia...

— Meu pai conhecia tudo quanto era erva e sabia para que servia. Aprendeu com meu avô, na floresta, na "zumé", como ele dizia. E os nossos índios também têm um profundo saber nesse campo. Imagine vosmecê, nessas florestas todas por esse Brasil enorme, juntar todo esse conhecimento, dos índios, dos pretos... Já imaginou? — devaneia Dos Santos.

— Não existe uma folha, uma raiz, uma casca de árvore que não tenha sua utilidade. — certifica o alferes.

— Para o bem e para o mal — sentencia Dos Santos, ao que Xavier retorna à questão existencial que o angustia.

— Às vezes, eu fico pensando em cuidar apenas dos meus doentes. Só que, com isso, não dá pra eu cuidar da família, sustentar meus filhos.

Xavier leva vida difícil e sacrificada. Mas seu destino poderia muito bem ser outro. Poderia ser um clérigo, por exemplo. Ou quem sabe um doutor em leis? Inteligência e gosto pelo estudo nunca lhe faltaram. Assim, depois de ouvir atentamente o relato da trajetória do novo amigo, da escravidão na infância até ali, começa também a relatar sua caminhada.

— As tias que me criaram queriam que eu fosse padre; e meus dois irmãos mais velhos já estavam no seminário, quase sendo ordenados. Conseguiram provar que não tinham sangue judeu, mouro, índio ou negro e entraram. Não tinham nenhuma cicatriz no corpo, tinham os olhos limpos, sem sinal de catarata... Mas eu, sei lá por quais artes do destino, em vez de me tornar padre, acabei me dedicando às ervas, às poções, às mezinhas, a aplicar sanguessugas e extrair dentes estragados. A população das Minas e a daqui mesmo têm os dentes péssimos. Má alimentação, muitos doces, falta de higiene... Aí eu acabei me tornando o "tira-dentes" mais conhecido da região das Minas, veja só! E a fama chegou até aqui.

Dos Santos acha interessante a ocupação paralela de Xavier. E imagina que ela lhe complemente bem o soldo de alferes.

— As pessoas nunca têm dinheiro, amigo! Um me presenteia com um peru, outro com um capado.... Mas dinheiro... hummm...

É realmente difícil a vida desse Joaquim "Tira-dentes". Mas ele, apesar de não ter sorte nenhuma, tem ideias. E vai cavando, na esperança do bambúrrio que um dia, pensa, há de chegar. De preferência, para toda a colônia, e ele dentro dela.

— Aí virei mascate, também. Mercando em lombo de mula da Bahia a Vila Rica, de Vila Rica até aqui este Rio de Janeiro. Varei léguas e léguas desse sertão e conheço isso tudo como a palma da minha mão. Ah! Mas nunca deixei os livros de lado, não! Sempre que podia, dava uma parada de uma ou duas semanas na minha Vila de São José. E lá todo dia eu tirava umas três horas para melhorar o meu latim, meu francês e minha matemática com meu velho mestre, o padre Chaves.

Outra feliz coincidência! Que faz Dos Santos, entre algumas boas gargalhadas, que a garrafa de bagaceira, já pela metade, inevitavelmente anima, lembrar suas aulas de latim com o padre Manso:

— *Rosa... Rosae... Rosam...*

O "Tira-dentes" diverte-se bastante com a história de Domingo e seu mestre pervertido. Mas faz questão de esclarecer que o seu — Deus o tenha — era um padre às direitas, quase um santo. Um santo prático. Que via, com razão, muito mais utilidade (e santidade) na matemática do que no latim.

— Agora, pura matemática — o alferes prepara-se para uma confidência —, ando aqui traçando e retraçando uns planos que, se derem certo, eu abandono de vez a farda.

Dos Santos se interessa.

— Tenho um projeto para apresentar ao vice-rei. E a audiência já está marcada para a semana que vem. Um deles é sobre a construção de armazéns de cargas no porto. Olhe lá! — agora ele fala apontando na direção da Prainha. — As mercadorias que chegam de Portugal ficam empilhadas na beira do cais, sob o sol e a chuva e sujeitas à maresia. Levam dias, semanas e até meses para ganhar seu destino. E, quando isso acontece, muita coisa já se perdeu. Imagine o amigo o prejuízo! Se eu conseguir, a cidade vai lucrar, a Coroa lucra também; e uma parte desse lucro, naturalmente, será o pago pela minha ideia e pelo meu trabalho.

O comerciante acrescenta também alguns detalhes úteis, que o "Tira-dentes" aprova. E o faz baseado na experiência do seu negócio com o óleo de baleia.

— Tenho também já na mão do vice-rei — Xavier continua — um projeto que vai resolver o problema do abastecimento de água na cidade: desenhei um sistema de canalização da água do rio Carioca. E a distribuição dela, nos moldes do Aqueduto dos Arcos, que é o único para toda a cidade. Aí, com mais umas duas ou três bicas, não vai faltar água para mais ninguém.

— Vosmecê tem muitos planos! — admira-se Dos Santos.

— É por isso que Portugal não quer lhe dar seus galões. Um

militar de alta patente, cheio de ideias empreendedoras como essas, é um perigo, alferes Xavier.

— Eu sei que é isso, sr. Dos Santos — o "Tira-dentes" concorda com tristeza. — E eu tenho muitas mais.

Aos poucos, nos longos e repetidos encontros que mantêm, Joaquim Xavier vai explicando a Dos Santos que há dez anos as colônias inglesas da América do Norte declararam sua independência. E os motivos foram bem semelhantes aos que agora oprimem os brasileiros.

Portugal vem cometendo uma longa sequência de injustiças e usurpações com o objetivo de manter seu domínio tirânico cada vez mais absoluto sobre o Brasil. Recusa-se a promulgar leis mais saudáveis e necessárias ao bem público. Obstrui a administração da justiça, para que os juízes dependam apenas de sua vontade. Cria uma multidão de cargos novos e manda para cá magotes de funcionários para perseguir o nosso povo e devorar-lhes os meios de subsistência. Os impostos que incidem sobre a produção e extração do ouro são escorchantes.

Tem razão o alferes! De 1741 a 1760 extraíram-se anualmente 14.600 quilos de ouro no Brasil. Em 1758, no seu auge, as minas de ouro do Brasil constituíram-se num sorvedouro de escravos. No ano seguinte, foi criada pelo marquês de Pombal a Companhia Geral de Pernambuco e Paraíba. E, já no outro ano, ela teve um lucro de 1.360 contos de réis. Podia comprar, fabricar ou fretar barcos e era independente dos tribunais.

— De 1756 a 1777 essa Companhia, gozando de direitos comerciais na costa da Mina, Angola e Ásia, exportou 1.340 contos de réis só de cacau!

O alferes é bom de números e de argumentos. Assim, após essas conversas, Dos Santos resolve aceitar seu convite para acompanhá-lo até Vila Rica. E lá permanece algum tempo, indo a umas poucas reuniões dos inconfidentes e retornando depois ao Rio de Janeiro. Nessa altura, o "Tira-dentes" já é seu mais íntimo e fraterno amigo.

Natalina, como que prevendo o futuro, não aprova a amizade. Para ela, esse alferes é um homem sem juízo.

— Um homem que anda pra baixo e pra cima tentando obter de Lisboa permissão pra construir um moinho e tabernas no cais de dom Manuel. Que quer abrir carreiras de barca entre o cais e a Praia Grande; e ainda por cima aumentar as águas da Carioca e dos rios Maracanã e Andaraí, minha Nossa Senhora! Esse homem só pode ser um louco!

Mas o pior Natalina não sabe: o que ele quer mesmo é proclamar uma república nas Minas, com capital em São João Del Rey; fundar uma universidade em Vila Rica; confiscar as propriedades do Tesouro, entregando-as ao fundo do Estado; e declarar nulas todas as dívidas fiscais da população.

O alferes Xavier quer também dar acesso livre à zona das Minas e liberar de impostos a produção dos lavadores de ouro; criar empresa para produzir todo tipo de artigos que até agora são importados de Portugal; quer reconhecer um direito estatal especial aos padres que tenham mais de cinco filhos; e abrir escolas para instrução do povo.

— Só pode ser um louco esse moço — acha Natalina. Mas Dos Santos não pensa isso do amigo. Tanto que fica bastante decepcionado quando, ao perguntar-lhe sobre os planos para pôr fim à escravidão, recebe dele a seguinte resposta:

— Aos poucos, Dos Santos, aos poucos. E dentro de certos limites. Afinal, a Revolução precisa de mão de obra...

— Um grande trunfo para o nosso movimento é o embaixador dos Estados Unidos da América na França — diz o "Tira-dentes", numa outra das constantes conversas que tem com aquele que é, agora, seu amigo mais próximo no Rio de Janeiro. Mas Dos Santos não sabe quem é esse embaixador.

— É Thomas Jefferson, o principal redator da Declaração da Independência das colônias inglesas.

O comerciante agora se situa. Entretanto, não entende a relação:

— Se ele está na França, como é que pode ajudar?

— Nós temos lá um porta-voz e já fizemos contato — confidencia o alferes. — É um brasileiro que vive na Europa há muitos anos e estuda Medicina em Montpellier. Nós o chamamos "Vendek".

— Um holandês? — surpreende-se Dos Santos.

— Não, meu caro! É brasileiro. "Vendek" é um nome de guerra, um pseudônimo.

— E ele já falou com esse Jefferson? — Dos Santos está bastante surpreso.

— Ainda não falou, mas enviou uma carta. Jefferson respondeu dizendo que quer conversar comigo.

Dos Santos acha justo o interesse do líder americano. Porque o cabeça do movimento brasileiro é realmente Xavier. Mas, por outro lado, acha muito difícil essa conversa. O "Tira-dentes", em dificuldades, mal podendo sustentar a família, com que recursos poderia viajar à França?

— O movimento, pelo que o alferes me disse, vive mais de poesia que outra coisa. E certamente ninguém pensou num fundo para arcar com esse tipo de despesa. Uma viagem daqui à França não é uma viagem a Vila Rica. E o amigo não tem condições...

Xavier corta a frase na raiz:

— Eu, não! Mas vosmecê tem. E com muito mais possibilidades de sucesso.

Dos Santos agora está realmente embatucado. Sua participação no movimento até agora se limitou a duas ou três reuniões em Vila Rica e a essas conversas, embora quase diárias, com o amigo. Estará louco o alferes? Não, não... O "Tira-dentes" está mais lúcido e inteligente do que nunca. E, de fato, tem muito boas razões:

— Vosmecê é preto, Dos Santos!

— Com plena consciência, meu amigo.

O "Tira-dentes" prepara o boticão e desfecha:

— E o amigo sabia que Jefferson vive amasiado com uma mulher preta como vosmecê? E que tem com ela filhos pretos como os seus?

O negociante fica pasmo com o que lhe conta Xavier. Que a jovem Sally Hemmings, conhecida como *Black Sal*, ou seja, a "Preta Sal", é amante, "teúda e manteúda", de Jefferson, de quem tem vários filhos mulatos, entre os quais os irmãos Easton, John e Madison Hemmings. E justifica dizendo ser esse fato bastante comum nas colônias inglesas e francesas, onde as mulheres negras conquistam espaço para si e para seus filhos através dessas ligações com homens brancos poderosos.

Inclusive, Jefferson já tinha feito um relato sobre a conjura ao governo americano. E, ao segredar esse fato ao amigo, o alferes Xavier tira do bolso um papel e lê, nele, em convincente interpretação, o seguinte relato:

"Em outubro passado recebi uma carta de Montpellier, com data de 2 de outubro de 1876, anunciando-me que o missivista era um estrangeiro e que tinha um assunto de grande importância a comunicar-me, desejando que eu indicasse um canal através do qual ele me pudesse passar o assunto com segurança."

Entretanto, o Destino, que, no caso, chama-se Joaquim Silvério e é português, interpõe-se entre Jefferson e o "Tira-dentes"; entre a negra Sally, com seu filhos negros, e o negro Dos Santos, com seus coloridos sonhos de liberdade, igualdade e fraternidade.

O alferes é preso e levado para a ilha das Cobras. E Dos Santos, embora não tendo mais nada a ver com as frioleiras burguesas daqueles marotos, resolve fugir.

Nada pesa contra sua supostamente ínfima pessoa. Sua presença nas reuniões fora vista, pelos investigadores, como apenas a de um escravo, um serviçal, encarregado de servir o chá e os biscoitinhos, as "quitandas", único atrativo daquelas reuniões maçantes para o poeta Gonzaga, obcecado pela menina a quem dedicava seus versos. Mas, nunca se sabe.

Então, Dos Santos foge para bem longe, para o norte, para o Grão-Pará, levando consigo, sem saber, em meio aos seus papéis, os projetos de engenharia e outras ideias do "Tira-dentes", deixando uma boa soma em dinheiro com Natalina, Doçu e Damiana, e instruções detalhadas sobre o que fazer enquanto durasse sua ausência.

INFERNO VERDE

A chegada da primavera ao verde luxuriante de Santa Maria de Belém do Grão-Pará, com sua luminosidade terna e suas cores caprichosamente definidas, apesar do calor, vem encontrar o comerciante Francisco Domingo Vieira dos Santos tão bem--vestido que nem parece um ex-cativo, tão bem-falante que nem parece um neto de africanos.

Na casa bancária, o funcionário francês gosta do que vê e ouve. E apresenta ao negro as várias opções de bons negócios. O Grão-Pará produz cacau, algodão, arroz; cravo fino, café, salsaparrilha; aguardente, óleo de copaíba e couros secos, tudo isso em boa escala. E, em escala menor, produz açúcar, mel, tapioca; canela, castanha, guaraná, manteiga de tartaruga; anil, óleo de andiroba, sabão, breu; toras e pranchas de madeiras diversas etc. As opções de investimento, mesmo para um negro, desde que capitalista, são inúmeras.

E, ante a possibilidade do negócio, depois de algum tempo de conversa, o francês acaba por revelar-se também um partidário das ideias novas. Ideias que já sacodem os pretos da ilha de Santo Domingo e vêm agitando de Guadalupe a Santa Lúcia, de Cuba a Venezuela. Ideias que mobilizam escravos e senhores, crioulos de pele clara e negros de todas as origens.

— Mon país ver com muit bons olhes ça vontad de libertê des breziliens. Je panse que la tiranie na pá mais lugarr em parte aucune du monde. — O francês transmite sinceridade. E Dos Santos ouve muito atentamente. — Noss regime erra absolutist e non permiti a mínima participacion du pov ao goverrn.

— Portugal, no Brasil, é a mesma coisa. — O brasileiro concorda e o francês prossegue:

— En France só tin a noblesse e os padre mandand i o pov obedecend. Padre e noblesse non pagav impost i gosav de tuss priviléj. O pov só tin era travail, travail e mais travail.

Dos Santos acrescenta um dado:

— Aqui no Brasil, ainda por cima, a maioria da população é de escravos...

— Exacteman! — concorda o francês, dando uma baforada no cachimbo e arrumando os documentos do negócio que está para ser feito. — Se o regim frrancé é prejudiciel ô desenvolviman da industrie e a elevacion do pov, no Brésil, que non tem industr, só exploracion de terre, é muit peor.

O brasileiro já sabe bastante sobre a Revolução Francesa, que lhe foi bem-explicada por seu amigo Xavier (a esta hora, talvez prestes a ser enforcado, talvez pronto pra ser mandado em degredo para Angola). Não leu Montesquieu, Rousseau, Voltaire, Diderot, D'Alembert, como os poetas de Vila Rica, mas conhece as ideias desses pensadores. E, confiante na sinceridade e no apoio do francês, resolve expor a ele suas ideias.

— Penso muito em Marajó, meciê. Embora ainda não conheça, acho que lá é o lugar ideal para se construir um país livre e em paz.

O francês faz ver a Dos Santos que Marajó é bem mais que uma ilha:

— Cet'um mundo, monami. E um mundo verd inferrnal. Um infern d'água, ond nada se produz pur cauz dess riô bestial. Cet'o maior rio du monde, sim. Mas non é como o Nilo, que fertilize l'Afrique, d'Uganda até o Mediterranée. Nem é como o Mississippi, que leva riquez do sul pro nort dos États Unid. O Amazonas cé um riô monstruose correndo pelo linha do equatorr, arrastando tut, levand tut por ond passa. Cet'um riô terrible, que non deixa nascer nad no seu camin. E é pur iss que Marrajó, essas ilha tod, nunca prroduziu nad, nunca deu nad de bom.

Realmente — depois Dos Santos vai ver —, Marajó é um universo a domar. Principalmente porque não é apenas uma ilha e sim um grande arquipélago. Ao seu norte, por exemplo, está a enorme Mexiana, dela separada pelo canal Sul. Na foz do Amazonas, está Caviana, também grande, separada de Marajó pelo canal Perigoso e subdividida em várias outras ilhas. À margem direita do "rio-mar" está Afuá. E no canal principal do Amazonas está Gurupá, dividindo o rio em dois braços.

Quase tudo é alagadiço. E as terras que se prestam à agricultura ou à criação realmente são escassas, vivendo a região quase que só do extrativismo. A não ser que se domem todas essas águas; se desbrave toda essa imensidão de florestas; se interliguem, também por terra, todos os núcleos já existentes. Quem sabe um dia? O pensamento de Dos Santos voa longe, muito longe.

— Et lês natives, monami? Son índios perrigosos. — o francês adverte. Mas Dos Santos sabe do que está falando:

— "Eram" perigosos, meciê. Sua população já foi quase toda dizimada pelas guerras. Inclusive, o grande chefe Apurinã hoje é apenas uma lembrança, um ancestral que eles cultuam.

Não imaginava o francês que aquele negro brasileiro soubesse tanto.

— E digo mais: além da importância estratégica, Marajó tem um solo muito rico. Ouvi dizer que até ouro tem lá. E é disso também que um país precisa para se desenvolver. Além das alianças políticas, é claro.

A cada nova visita de negócios, os meses se passando, o esperto Dos Santos vai percebendo que monsieur Bastide, o funcionário, sabe muita coisa sobre os negros no Grão-Pará. Sabe que eles começaram a chegar aos poucos, mas para trabalhar lá adiante, nas feitorias do Amapá. Mais tarde é que vieram vindo. Sabe que pouco tempo depois a capitania já tinha mais de mil. E que logo, logo começaram também a fugir do trabalho pesado e dos maus-tratos, formando mocambos na floresta. E sabe muita coisa sobre os índios também.

Até uns quarenta anos atrás — ele sabe — o trabalho escravo baseava-se fortemente na mão de obra indígena. A escravização dava-se por guerra justa, resgate, "descimentos", e compra de prisioneiros de guerra. Havia também a escravização ilegal, empreendida por particulares. Os índios livres estavam divididos em aldeamentos organizados. Com o início da Era Pombalina (o marquês de Pombal era o todo-poderoso ministro do rei D. José I), foi decretado o fim da escravidão dos índios (traficados e explorados pelos jesuítas, segundo o Marquês) e retirado dos missionários religiosos o poder temporal sobre os aldeamentos, desmantelando-se assim parte da estrutura de mão de obra indígena na região. E, por essa época, a população escrava negra e africana já estava, como está até hoje, espalhada pela Amazônia, nas lavouras, junto com os índios, na coleta de ervas e raízes medicinais, no transporte de canoas e nas obras das fortificações militares contra as invasões estrangeiras.

Mas Dos Santos — o francês não sabe — já tem como aliados quase todos os chefes quilombolas da região e alguns caciques. Embora os índios tenham custado um pouquinho a entender seus propósitos libertários, como relata ao francês.

Assim, o grande negro sai de Belém à meia-noite e chega pela manhã ao sudeste da grande ilha. Chega a Soure, uma aldeia tão próxima do Atlântico que, na estação seca, as águas do Tocantins beijam suas praias com gosto de sal. No povoado, o único edifício é o da igreja dos jesuítas, núcleo de uma antiga missão indígena onde, dizem, os discípulos de Santo Inácio, travestidos de catequistas, teriam explorado duramente os nativos. Da aldeia, restam apenas algumas árvores frutíferas, como tamarineiras e laranjeiras.

Mais tarde, durante dois dias e duas noites, Dos Santos costeia a ilha de barco, explorando, conhecendo. Em Gurupá, espanta-se com uma floresta só de palmeiras, que alguém diz chamarem-se "miriti". Passa pela pequena ilha do Pacoval, à beira do lago Arari; pelo igarapé Camutins, afluente do rio Anajás. E vê o velho forte, talvez abandonado, em frente ao qual ainda se ergue uma grande igreja, não sabe se em funcionamento. Vê muitas casas desertas e em ruínas. E, afetado pelo calor abafado e extremamente úmido, sente, rondando seu corpo, os fantasmas da insalubridade e da doença.

Ainda do barco, Dos Santos vê, no litoral oceânico, como os campos, prejudicados periodicamente pelas enchentes, sofrem a ação nociva da floresta. Constata o quanto a flora marajoara lembra a do litoral fluminense. Ouve relatos sobre os prejuízos que jaguaretê ou canguçu, a onça pintada, ocasiona à criação de gado. E aprende, *in situ*, como, na vazante, se dá o maior combate aos grandes jacarés, tangidos por longas varas até a praia, onde são laçados, imobilizados e esquartejados a machado.

— Mas o índio já pega diferente o jacaré — explica o barqueiro. — Ele fica espreitando, num galho de árvore, segurando a ponta de um cipó com os dentes, pra deixar as mãos livres. Aí, quando chega o jacaré, ele dá aquele salto, pula na água e já cai abraçado com o bicho. Até me arrepio de contar! É uma luta de vida ou morte, ele querendo amarrar a bocarra do jacaré com o cipó e o bicho dando aquelas rabeadas que só vendo. Quando vê que está perdendo, o jacaré mergulha. Aí é que o índio, grudando a presa com as pernas, passa-lhe o cipó, rápido, imobilizando a queixada. Isso com a mão direita. Agora com a esquerda, ele calca, com força, os dois dedos nos olhos da fera. E aí, arrasta o jacaré pra margem do rio, puxando o cipó. É uma luta de vida ou morte, seu camba!

Em sua primeira viagem ao coração da floresta — incursão temerária, diga-se de passagem, pois resolvera ir sozinho —, Dos Santos de repente ouve o terrível grito de guerra dos caxuianas. E logo os vê, surgindo de todos os lados e vindo, ameaçadores, em sua direção, vociferando e apontando para ele flechas, lanças, tacapes e bordunas.

Os caxuianas têm um histórico, talvez mitológico, de ferocidade e selvageria. Diz-se até que alguns deles são dados a uma espécie de sodomia ritual, que antecede à devoração propriamente dita de suas presas humanas.

Teria sido esse, por exemplo, o destino de um jovem corsário chamado Ali Gamal, que era turco e rondava o Caribe a soldo do rei de Espanha. Ainda bem novinho, carne branquinha e tenra, o corsarinho teria um dia fundeado seu galeão na baía e adentrado a selva. E entrou arrotando bravatas, gritando que índio não era gente; e que, portanto, se ele passasse todos no fio de sua espada, ninguém o poderia acusar de homicídio. Para Ali Gamal, índio não era gente, preto não existia e a humanidade se resumia nos turcos e nos corsários como ele. Foi aí que os caxuianas — ah, minha Nossa Senhora! — pegaram o pobre do Ali Gamal e... nem te conto!

Dos Santos conhece essa história, lembra-se dela agora, mas não acredita.

De repente, porém, se vê no chão, derrubado. E, num relance, desnudado da cintura para cima e amarrado, ele é levado até o chefe dos indígenas.

Este, por jamais ter se defrontado com um preto, passa-lhe o dedo no peito para ver se larga tinta, alisa-lhe com cuidado a carapinha, para ver se espeta... E conclui que não é nada disso.

Mas antes que o cacique manifeste suas intenções, Dos Santos resolve chamar por seu vodum protetor:

— *Hum hihó! Hehihávu Hevioçô!*

Dos Santos está pedindo para que os índios não o matem. Mas brada com a voz mais forte e mais aterradora que suas cordas vocais poderiam emitir. Então, os caxuianas se assustam.

Percebendo o impacto que causou e se aproveitando dele, Dos Santos, muito rápido, enche a boca com a aguardente que traz no cantil, faz uma faísca com sua binga de acender o pito, inflama a cachaça e sopra uma chama enorme para cima do cacique.

É o bastante. Daqui em diante ele já é o Tatá-Ipirungava, o "Pai do Fogo", filho de Tatá-Manha, a "mãe do fogo" e sobrinho de Sacu-Manha, a "mãe do quente". Ele é o Japu, pássaro preto que descobriu o fogo escondido atrás da orelha do jacaré e o tirou com o bico. Ainda mais que Dos Santos é um negro de lábios um tanto avermelhados. E o Japu ficou com o bico vermelho porque foi ele que voou até o Sol, de onde trouxe o fogo para a Terra.

De volta a Belém, Francisco Domingo dos Santos conta ao francês Bastide que, graças a Hevioçô, que é Xangô, e ao Japu, agora os chefes indígenas mais esclarecidos, como os quilombolas rio acima, também aceitam suas ideias revolucionárias. Com essas lideranças, e os brasileiros descontentes e abandonados em Marajó, principalmente militares, é que ele sonha, quem sabe um dia, formar o seu *Troisième État* — como brinca o francês —, convocar uma Assembleia Nacional Constituinte, e, com a inspiração e a ajuda da França, criar sua República, com capital talvez na baía de Marajó, na foz do Tocantins, e governos provinciais estrategicamente instalados nas ilhas ainda chamadas Mexiana, Caviana, Mututi, Anajás, Queimada e Gurupá, além de uma cerca fortificada — uma versão tupi da Grande Muralha da China, como ironiza o francês — em toda a fronteira sul.

Para tanto, Dos Santos já conseguiu articular os vários quilombos existentes na região do rio Trombetas, entre Óbidos e Oriximiná (Acapuzinha, Arapucu, Arajá, Boa Vista, Cachoeira Porteira, Campo Alegre, Casinha, Castanhaduba, Cuminá, Cuecé, Erepecuru, Flexal, Igarapé-Açu dos Lopes, Jamari, Jaravacá, Mãe-Cué, Maratubinha, Mondongo, Moura etc.), convencendo seus líderes a se engajarem na luta travada em toda a América pela libertação do jugo europeu; pela abolição da escravatura; e, para que, no seu caso específico, construam um país só para os negros, os índios remanescentes e seus filhos.

Só lhe falta conhecer o famoso Pompée, o negro que lidera um dos mais famosos bandos de quilombolas da Guiana Francesa. Que há mais de dez anos estabeleceu uma economia agrícola estável em seu mocambo, chamado Maripá. E que, usando a floresta e os rios como proteção, resiste bravamente às tropas vindas de Caiena.

— Orra, orra!... Pompée? — o banqueiro francês dá uma risadinha irônica. — É um gran i véi ami. Vucê querrr conhecê el? Vamos prrovidenciarr. — E numa simpatia um pouco fora de propósito arremata: — Est é o bank qui está seu lad, meciê Dos Santos!

O encontro com Pompée, semanas depois, é altamente produtivo. Dos Santos é informado de tudo o que precisa saber para a sua missão. Principalmente de que seus trajes, embora elegantes (e até um pouco exagerados para o calor amazônico) não são compatíveis com a liturgia e a pompa de sua responsabilidade de futuro chefe de Estado. E é o próprio Pompée que se incumbe de lhe dar de presente um fardamento completo, ousadamente pilhado em uma das incursões com seus quilombolas ao forte francês de Caiena: jaqueta com alamares dourados, dragonas, botas altas, chapéu de três bicos e uma bela espada com o punho de marfim artisticamente trabalhado.

Fardado e equipado, depois de exaustivo trabalho, o agora general Dos Santos alcança seu intento. E para tanto vem conseguindo inclusive apoio externo. Assim, já conta com um exército de cerca de três mil homens e mulheres, munição, armamentos e suprimentos e, acima de tudo, a proteção de voduns, orixás, inquices e encantados, sob a força dos quais, em sua dupla condição de líder militar e religioso, conseguiu infundir respeito e obediência a seus comandados. Assim, na noite de 23 para 24 de junho, promove um grande ritual, no qual os espíritos africanos e indígenas, baixando, predizem o sucesso na Guerra.

Então, ao soar ensurdecedor das centenas de tambores, chocalhos, inúbias, maracás, gonguês, afofiês, agogôs, reco-recos e matracas, de repente, a multidão incalculável de congos, assurinis, mandingas, gaviões, ibos, gorotires, nagôs, suruís, coromantis, gritando, cantando, atirando com seus arcabuzes, flechas e lanças, ateando fogo por onde passam, derrubando tudo com seus facões, foices e machados, vão se assenhoreando de todas as áreas habitadas de Marajó e das ilhas adjacentes.

Dos Santos, brandindo um chifre de boi, contrariando sua habitual aparência calma e ponderada, está tomado de uma fúria animalesca. Turiaçu, lenço vermelho na cabeça, leva na mão esquerda um galo branco e com a direita brande uma espada. Timbó, o grande feiticeiro, comanda uma ala endiabrada. Pompée, o guianês, corre e salta, empunhando uma moderna espingarda de fabricação inglesa, que expele mil relâmpagos a cada segundo. Cainhamé, espírito mau, pai de todos os bichos, ora aparecendo como soldado, ora como uma sucuriju gigantesca, vai e vem, ceifando vidas. O espetáculo é mais de horror sobrenatural do que de guerra. E a resistência nem chega a se esboçar.

Fumaça, destroços, um último disparo... Então, é o silêncio. Quebrado apenas pelo triste toque, ao longe, do clarim luso--brasileiro organizando a retirada. Dos Santos espera. Passam-se três dias e três noites sem que nenhuma reação se manifeste.

Aí, são mortos ou expulsos do arquipélago todos os que não são negros nem índios nem mulatos nem caboclos, e principalmente os funcionários da administração colonial. Dominando por completo a grande ilha, isolada do continente e inexpugnável tanto pelo mar quanto pelo interior, Dos Santos comunica ao governador-geral do Brasil sua condição, autoproclamada, de governador de Marajó e dispõe-se a aceitar do governo-geral a condição de protetorado, porém mantida a autonomia executiva, legislativa e judiciária da República que planeja, a segunda das Américas.

Em São Luís do Maranhão, a notícia é recebida primeiro com descrédito, depois com sarcasmo. Mas a população negra começa a se entusiasmar, e aos poucos vai deixando seus quilombos às margens do Trombetas, sempre fustigada pela opressão, em troca da liberdade negra da antiga Marajó, agora chamada República de Oiobomé, em homenagem às cidades--Estado de Oyó e Abomé, origem da maioria dos negros que aderiram à revolução de Dos Santos.

De início, Oiobomé é apenas um aldeamento construído a partir de um forte português encontrado em ruínas. Mas, aos poucos, vai se tornando uma cidade que, pela organização política, administrativa e judiciária sobre a qual vai se erguendo, logo, logo se torna uma cidade-Estado, como o foram ou são Oyó, Abomé, Ifé, Gao e outras grandes sedes do poder africano.

É uma cidade muito bem fortificada, graças à excelência e à abundância da madeira da região. Localiza-se próximo à grande ilha que os índios chamavam Gurupá e logo recebe o nome de Ganamali, em homenagem aos dois grandes impérios medievais oeste-africanos, o Mali do grande Sundiata Keita, e o Gana, do Tunka Manin. E à medida que novas aldeias vão sendo fundadas ou conquistadas, elas vão ganhando nomes assim constituídos, em louvor ao heroico passado africano: Badarin, Banzagudá, Chadegui, Futabolá, Ilongai, Kalaboka, Kanekalon, Kataloa, Lundamba, Mané, Matunda, Mombábue, Oioçongai, Oxobuctu, Popolomé, Senectu, Tombungola, Torobinda, Uagadabaça, Zimbagao...

O general governador gosta de se embrenhar pela floresta, para senti-la e conhecê-la. E, numa dessas incursões, quando tenta se desvencilhar de um espinhoso cipoal, após um estranho redemoinho que repentinamente se forma à sua frente, ele vê o negrinho.

É um anão. De pouco mais de três pés de altura, tem apenas uma perna e, em seu corpo, não se vê nenhum distintivo sexual, apesar de estar completamente nu. Mas o guerreiro percebe que é um homem, talvez um menino, pois usa um barrete vermelho. Ou é um velho, pelo cachimbo que fuma?!

Seus olhos, que parecem duas brasas, olham fixa e severamente os de Dos Santos, como a cobrar alguma coisa prometida.

— Cadê meu fumo de rolo? — A pergunta, numa voz fanhosa e esganiçada, sai como um silvo, de uma boca apenas entreaberta.

— Cadê meu rolo de axá? — o negrinho insiste, pedindo tabaco com sal, para mascar.

Dos Santos tem certeza de que jamais viu aquele negrinho. A única coisa que sabe dele é que tem a pele tão preta e a fisionomia tão negroide quanto as suas. E que usa um barrete africano de cor vermelha, talvez um *eketé* iorubano, talvez uma *kijinga* de Angola.

"Parece um Elegbara, um Exu, o negrinho", pensa Dos Santos, apenas baseado nos relatos de quem já viu um Exu, como Gbetó Muçá, que inclusive tem um em casa. Porque ele, ainda bem, nunca viu nenhum. Mas o que estaria fazendo um Exu- -Elegbara em plena floresta amazônica? Confraternizando com Anhangá, Apeautó e outras entidades perigosas?

— Cadê meu fumo de rolo? — pergunta de novo o negrinho, insistente na cobrança que faz a todos os que adentram seus domínios, mas sem demonstrar impaciência. Será Arôni, o duende iorubano das matas, da família de Oçãe, que só tem uma perna no corpo humano? Não! Arôni tem cabeça de cachorro.

— Meu nome é *Sací Kpededè*, que quer dizer, em fongbé, "muito bonito"... — diz o negrinho, todo *rempli de soi même*. Aí, o general governador, contente em saber que ele e o personagem têm a mesma origem étnica, fica sabendo mais: que ele é o famoso Saci Pererê, meio africano e meio índio, nascido, segundo sua própria e discutível versão, de um babaloçãe jeje- -iorubano que um dia, há muitos anos, entrou na mata para colher folhas e foi encantado e seduzido por uma bela índia dotada de poderes sobre-humanos.

55

— Por isso eu sou preto, uso barrete vermelho e chamo o fumo de "axá", pelo lado paterno. Por isso fumo cachimbo e sou filho da Mãe do Rio.

O Saci Pererê, então, se gaba de ter sido o primeiro afro-indígena. Mas foi banido do convívio dos humanos, conforme confidencia, por intriga de um grupo de antropólogos, sob o argumento de que o fumo que fuma não é nem um pouquinho inocente. É pango, diamba, fumo-de-angola, makanya, igbó, igi ogbó, moda, rama, tabanagira... Que dá, segundo ele, sensação boa, sim, fazendo esquecer muita tristeza.

— Mas também dá preguiça, provoca torpor, leseira, leva à vagabundagem. E, se fumado em demasia, potencializa as más tendências do indivíduo — adverte Dos Santos.

Mas, apesar disso, o Saci Pererê (ou *Sací Kpededè*) foi, de fato, o primeiro afro-indígena. Por isso, Dos Santos pensa em fazer dele o símbolo de sua República, o que mais tarde se realiza.

Pensara antes em Solonga, flecha flamejante, pássaro de fogo, subindo aos céus, descrevendo um arco e voando de volta, quem sabe, pra Ruanda. Como lembra sempre o sermão do vigário: "Não desobedeceis ao vosso rei."

Mas que rei ou rainha seriam esses, tão distantes quanto despóticos, só sabendo extrair o máximo de riquezas da Colônia e nem um pouco preocupados com o bem-estar do povo?! Quando morreu dom José — ele sabe —, os presos sucumbiam à mingua, e aos milhares, nas masmorras do Reino, apenas por não concordarem com o governo. E os que lograram sobreviver e fugir comemoraram com vinho e pagodeira a morte do real tirano, depois de quase trinta anos de arrogância e crueldade.

Dom José, entretanto, não fora o primeiro. De João V até ele, já se tinham extraído dois milhões de quilates em ouro das antigas terras de Santa Cruz. E toneladas de pau-brasil, açúcar, tabaco, cabeças de gado, peles e especiarias de todo gênero tinham saído da abençoada Colônia para alimentar o poder e a vaidade da corja de vadios que bocejava na corte lisboeta.

Morto o pai, subiu ao trono esse dom José agora, em boa hora, finado também. E subiu trazendo pela mão um diplomata habilidoso e maquiavélico, que acabou reinando por ele. Por um rei que apenas apunha sua chancela analfabeta nos papéis oficiais e nos decretos. E o terremoto que então arrasou Lisboa foi, certamente, o meio encontrado por Legba, aquele que troca e confunde os caminhos — pensava Dos Santos —, para pôr termo a tanta infâmia e covardia. Sim, foi isso! A Força que fez tremer a terra destruiu para reconstruir, para repor o bem e o mal nos seus devidos lugares. Mas Portugal, seus padres e seus administradores coloniais jamais entenderiam essa lição. Pois Saci Pererê é que entende dessas coisas de vendaval e terremoto!

Pouco a pouco, então, o governador Dos Santos vai conhecendo a terra e vendo o que o branco vem fazendo dela e de sua gente:

— Pois é verdade, sim, nosso general! Essa floresta tem macacos grandes como homens. Mal comparando, assim do tamanho de Vossa Insolência...

Isso quem fala é um português baixo, ventrudo e de pele oleosa, dentes podres e unhas enegrecidas, pobremente vestido e que, não obstante, é uma das maiores fortunas do Grão-Pará.

— Isso é fantasia de naturalista europeu! Esses já andam até inventando negros com rabo!

Dos Santos rebate, certamente referindo-se, visionário que é, ao naturalista e explorador François de la Porte, conde de Castelnau, que daqui a alguns anos estará percorrendo a América do Sul em busca de "fenômenos". Mas o português insiste.

— Eu nunca vi, mas tenho cá um amigo meu que já viu. Esse mo' amigo ia um belo dia p'la floresta, quando viu uma índia levando um macacão desses, um cuatá, p'la mão. O mono era ensinado e fazia de tudo o que os índios fazem, e mais ainda: comia beiju, acendia fogo, pitava cachimbo, atirava com arco. Aí, o mo' amigo quis porque quis comprar ele da índia. Então, o senhoire sabe o que foi que a índia disse?

Dos Santos nem imagina.

— A desavergonhada arregalou uns olhões desse tamanho, fez cara feia, botou as mãos nas cadeiras, se peneirou toda e disse pro mo' amigo: "E o sinhoire acha que eu vou vender meu marido, é, seu maroto?"

UM CERTO SIMÓN PALÁCIOS

Com cerca de cinquenta anos de idade, mas ainda bastante forte e produtivo, Dos Santos, recusadas suas propostas, junto aos luso-brasileiros, de um governo provincial, resolve autoproclamar-se marechal e presidente da nascente República Vitalista de Oiobomé.

Ele sabe que precisa convocar a Assembleia Nacional, como efetivamente faz; e que essa Assembleia é que deverá determinar o regime de governo a adotar e a forma desse governo. A partir daí é que Oiobomé se consolidará como Estado.

Mas não é bem assim que as coisas se encaminham.

O marechal-presidente, conforme a Constituição esboçada ainda no campo de batalha, e elaborada por um corpo de juristas, deve ser eleito por três membros da família fundadora da República. Embora o referendo dessa escolha caiba ao chefe do Conselho de ministros.

Confirmada a eleição, propiciados os ancestrais e reverenciado o primeiro-ministro, o presidente deverá ser coroado no trono divinizado de Xangô-Hevioçô, patrono da República e em nome de quem todos os atos executivos, legislativos e judiciários serão exercidos.

Dos Santos governa, então, meio europeu meio africano, meio presidente meio rei divino, apoiado num Conselho Civil de sete membros, no qual o primeiro-ministro ou chefe do Conselho tem poder equiparado ao seu, sendo inclusive seu substituto eventual. Seus conselheiros ou ministros são encarregados da rotina administrativa e religiosa da República, do comércio exterior e das relações diplomáticas com outros países.

Abaixo do Conselho Civil está o Conselho de Defesa, integrado por sete militares de alto conceito e responsável pela organização e manutenção do Exército, integrado inclusive por um regimento feminino.

Além desses quadros, o palácio da República é servido por um corpo de dignitários, homens e mulheres, entre os quais tem especial destaque a Ialodê ou primeira-dama, que é a mãe do presidente ou, na falta desta, uma ilustre senhora que a substitua.

O marechal-presidente já não tem mãe há muito tempo. Por isso, desde que chegou a Oiobomé, desenvolve especial afeição por uma sábia senhora africana que lhe contou sua história.

— Em Abomé, de onde eu vim, o reino do meu povo Fon, mesmo sendo pequeno e no interior, naquela época era mais forte que o de Ajudá, que fica na costa. Quando eu vim, o rei era Agonglô, meu marido, que já estava velho e doente. E dentre os seus filhos, o que naturalmente deveria suceder o pai era

Adandozan, meu enteado, filho dele com outra mulher. Mas todo o reino sabia que as condições morais de Adandozan não eram boas. E o oráculo Fá, consultado para decidir, determinou que o reino fosse entregue ao meu filho, Guezô. Mas meu filho ainda era muito menino. E, como seu pai logo morreu, Adandozan tomou o poder, e vendeu a mim e a muitos outros membros da corte como escravos. Foi assim que eu vim parar aqui. Por conta da tirania de Adandozan, que era um homem muito mau, um bêbado, um louco, um bandido.

Quando essa história lhe foi contada, Dos Santos ficou muito impressionado. Tanto que nunca a esqueceu. E é capaz de se lembrar do relato, palavra por palavra:

— Um dia, entretanto, como depois eu soube, a tirania terminou e o poder veio às mãos daquele que Fá apontou: meu filho Guezô. Só que, antes de ser deposto e morto, o louco, além de ter me vendido, tinha vendido também a moça de quem meu filho mais gostava, Na Tegué, sua esposa mais querida, que está em algum lugar, por essas Américas. Mas um dia meu filho vai mandar me buscar. A mim e a sua mulher...

Dos Santos percebe que ali está a Grande Senhora do seu Palácio, a primeira-dama de seu governo. E tomando sua história como um paradigma, um padrão do sofrimento e da bravura da mulher africana, a nomeia solenemente para o cargo de Ialodê, terminando com essa frase pomposa emocionada:

— ...e a invisto no cargo, de acordo com a Constituição que criei, assinei e juro defender até a morte.

Essa Constituição a que o marechal-presidente se refere tem disposições muito bem-elaboradas. Entretanto, elas são mais disposições pro forma. Porque, na prática, Dos Santos, apesar do espírito democrático que sempre o impulsionou, não presta contas a ninguém e nunca é contrariado. E, de fato, o habitante mais importante da corte é um de seus filhos oiobomenses, Agaçu, o mais velho deles, que tem na residência presidencial suas próprias dependências, as quais parecem constituir um palácio à parte. Considerado um presidente em potencial, embora quase ainda uma criança, ele participa de todas as reuniões do Conselho de Estado, opinando e fazendo-se ouvir.

— Não concordo com uma só palavra do que esse conselheiro aí acaba de dizer. — O menino mimado, representando, em uma reunião importante, o pai ausente, faz birra e bate o pé.

Nesse mesmo momento, em Belém do Pará — cidade onde a oligarquia branca afirma a ignorância dos índios que explora, mas senta no chão como eles, come com as mãos como eles fazem e fala a língua-geral —, longe da rotina de intrigas palacianas em que o jovem Agaçu emprega seu dia a dia, um pequeno negociante da cidade denuncia a fuga de um negro escravo. Investigada a ocorrência, descobre-se que o negro está refugiado na casa do cônsul inglês na cidade, o qual costuma acoitar negros fugidos. A polícia, então, vai até lá. E constatando que é um engano, pois o negro é forro, dá o caso por encerrado.

Na realidade, o suposto fugitivo chama-se Francisco Domingo Vieira dos Santos, que acaba de fundar uma República, de tomar aos latifundiários marajoaras suas terras e rebanhos, e de desenvolver um projeto agropecuário tendente a introduzir, na alimentação dos índios e caboclos locais, a carne e o leite. E veio em missão diplomática pedir o apoio da Inglaterra.

Mas o diplomata, embora se dizendo simpático à causa, invoca o compromisso de seu país com Portugal. E, depois que o líder se retira, escreve uma carta ao governador-geral do Brasil, relatando o episódio e alertando para o perigo.

Dias depois desse encontro, a imprensa belenense divulga conclamação de "moradores, lavradores e proprietários de várias regiões do Pará", pedindo ajuda "para conter os roubos, evitar os incêndios e se prevenirem contra as fugas de escravos".

É a Revolução de Dos Santos em curso. Pois, esgotadas todas as outras possibilidades, o líder, que idealizara um movimento mais filosófico do que uma guerra, e um governo mais teocrático do que militar, vê que não tem outra saída senão organizar seu valente mas improvisado exército. E o faz, dividindo-o em regimentos, companhias, batalhões e pelotões; dotando-o inclusive de uma banda militar, para compor a trilha sonora das batalhas que infelizmente terá de enfrentar.

É assim que organiza, com instrumentos importados de Cuba — onde, desde o fim do século anterior, faz grande sucesso a banda da milícia de pardos de Santiago, constituída por seis pífanos, um oboé, sete clarinetes, dois fagotes, dois serpentões, um clarim, duas trompas, dois trombones, dois baixos-tubas (mi bemol e si bemol) e bateria militar —, é assim que Dos Santos organiza a Banda Palaciana de Oiobomé, tanto com objetivos guerreiros quanto de puro entretenimento. E, dentro das possibilidades de seus cofres, não podendo seguir o prescrito para as bandas francesas ou inglesas, restringe a sua, como no exemplo cubano, a um conjunto de apenas vinte e seis instrumentos, a saber: requinta, flautim, seis clarinetes, quatro cornetins e cornetas, duas trompas, três trombones, dois bombardinos, um baixo, dois contrabaixos, um bombo, uma caixa de rufo, caixa forte e pratos.

Um belo dia, o marechal-presidente, por um oficial de seu estado-maior, encomenda ao capitão mestre da banda um hino para Oiobomé.

— Um hino que incendeie os ânimos dos soldados! Uma nova Marselhesa! Que faça o sangue dos soldados ferver nas veias! Que torne os medrosos destemidos! Que transforme os covardes em heróis! — recomenda.

Passam-se mais ou menos quinze dias, tempo que medeia entre a composição do hino, a execução do arranjo e a confecção das respectivas partituras, quando o maestro, todo orgulhoso pela obra composta, apresenta-a ao presidente que, bocejando, lhe diz:

— Ah! Maestro, esta música está boa para um baile de máscaras em Veneza ou para uma recepção de casamento em Versalhes. Mas, numa batalha, ela vai acabar é fazendo os soldados dormirem. E aí os inimigos, ó!

O presidente, saindo de sua fleuma habitual, conclui essa afirmação com um gesto no qual, punhos cerrados, os dois braços ligeiramente fletidos, os traz na direção do ventre, ao mesmo tempo que projeta a bacia pélvica para a frente. E se retira.

O maestro, triste e decepcionado, depois da continência de estilo, faz com que a banda saia de forma e se disperse. O grupo sai cabisbaixo, menos o requinta Bico Doce, um negrinho roliço e de beiço vermelho, pouco mais de metro e meio de altura, tão bom na sua clarinetinha quanto numa cuia de caxiri ou pajuari, suas bebidas prediletas.

— Nosso capitão! Com a sua permissão e a sua licença, será que eu podia lhe mostrar uma toada da minha teoria, que eu fiz pro marambiré que a gente tem lá no Pacoval? Acho que dá um hino do jeito que Nossa Excelência está querendo. E eu posso dizer que é minha e do senhor, se o senhor quiser.

O marambiré — o maestro sabe — é um folguedo do antigo mocambo do Pacoval em Alenquer, Pará, constituído provavelmente por negros fugidos das fazendas de Santarém, às margens do rio Curuá. É uma espécie de ritual religioso e dança dramática, provavelmente inspirado nos festejos de coroação dos reis congos, com canções em que se mesclam palavras e expressões em português e em resíduos de línguas indígenas e africanas.

Duas semanas mais tarde, numa sexta-feira, passando já das nove horas da noite e concluída a retreta que acontece ao final de cada semana de trabalho, o maestro pede permissão para a retirada da banda. Permissão concedida, a banda ataca uma marcha vibrante, entusiástica, na qual há algo de fragor de combate e chama de vitória. É uma toada de marambiré, mas executada em andamento marcial. E repercute de tal forma na sensibilidade do presidente que, na semana seguinte, ele pede que a repitam e quer conhecer o autor. O maestro o apresenta, ao que o presidente lhe pergunta o nome, e ele, perfilado, responde:

— Silvério Caripuna, seu criado, Nossa Excelência!

O marechal parabeniza o músico pela beleza da peça e lhe pergunta o título. O requinta olha meio sem jeito para o maestro, olha de novo para o presidente e, vendo-lhe a simpática disposição, não titubeia:

— Chama-se *Bico Doce*, Nossa Excelência! É um marambirezinho que eu fiz pra nós brincar lá em casa; e o maestro arranjou pra dobrado.

A partir daquele dia, o marambiré do Bico Doce torna-se o Hino Nacional Oiobomense, sendo mais tarde oficializado com a seguinte letra, composta pelo poeta Eunápio Bilau dos Santos:

HINO NACIONAL

I

Eia, avante pugilo de bravos
Que escreveu sua saga com fé.
Recusando ser bugres e escravos
Nossa História mantemos de pé.

Avante! Avante!
Pelo bem de Oiobomé.
Avante! Avante!
Pelo bem de Oiobomé — REFRÃO: BIS

II

Contemplando estes rios e matas
Estes furos e igarapés
Onde o negro dobrou a chibata
E o índio quebrou as galés,
Assentados num grande passado
O porvir contemplamos de pé
Para honra dos antepassados
Pela glória de Oiobomé.

Heroicos, vibrantes
De força e de fé.
Rincão de gigantes
Avante, Oiobomé! — REFRÃO: BIS

HINO NACIONAL DE OIOBOMÉ

Música: Silvério Caripuna (Bico Doce)
Letra: Eunápio Bilau dos Santos

E, na euforia do belo hino composto, desenha-se e borda-se a bandeira, na qual, em fundo verde, sobressai, vermelho, o machado alado de Xangô (o alafim de Oyó). Sobre o machado, destaca-se o inconfundível perfil do protoafro-indígena, o Saci Pererê. E, circundando, um ornato de dezesseis búzios e a divisa, em iorubá, "Irê — Owô — Alafiá", que todo oiobomense que se preza sabe muito bem o que quer dizer.

A saga de Dos Santos, que Portugal e Espanha a princípio veem como mais uma aventura "nativista" sem maiores consequências, começa a correr, boca a boca. Em pouco tempo ela já figura no repertório dos rapsodos populares, dos repentistas do *punto* cubano aos *payadores* dos pampas além de Buenos Aires. E é assim que, numa tarde de calor infernal, de ar abafado, mesmo após a chuva bíblica de todos os dias, quando sorve seu indispensável caldo de cana com pedacinhos de abacaxi na espaçosa varanda do palácio, o Desbravador — como agora o marechal-presidente se intitula — vê chegar, conduzido pelo chefe da guarda, o jovenzinho franzino mas muito bem-trajado, cabelos muito crespos mas de pele clara e nariz aristocrático.

— Com sua permissão, marechal, este senhor vem da Venezuela e diz trazer uma mensagem para Vossa Excelência. — O tenente faz a apresentação em posição de continência e, ao terminá-la, gira sobre os calcanhares, retornando ao posto.

— O que deseja, cidadão? — Dos Santos olha o rapazinho de cima a baixo e procura adivinhar a que pretexto vem. Mas o próprio visitante, elegante e desembaraçadamente, logo trata de se apresentar.

Tem dezessete anos o rapaz e é filho de um proprietário venezuelano já falecido. Foi educado, à moda espartana, numa das propriedades rurais da família e integrou a milícia como cadete, nos vales de Arágua. Por isso, é rico mas despojado; forte sem músculos exuberantes, sendo entretanto ("modéstia à parte") bom cavaleiro e excelente nadador.

Dos Santos começa a simpatizar com o jovem.

— Estou a caminho da Jamaica, presidente. De lá irei até Cuba, depois ao México e finalmente seguirei para a Espanha, onde pretendo talvez me casar. Vim até aqui porque os ecos de sua revolução já chegaram ao meu país. E eles muito me entusiasmaram, pois desde logo me tornei um sincero admirador da Revolução Francesa e do que vem ocorrendo na nossa vizinha ilha de Santo Domingo.

— Se o senhor fala sério, cidadão, então é um dos nossos. — O presidente se entusiasma, ao que o jovem se inflama também.

— Não só falo sério, presidente, como sonho um futuro semelhante para o meu país e para toda a América Latina. No meu sonho, o continente sul-americano abriga uma única nação, nossa e dos nossos filhos, dos índios que restaram, dos negros e dos brancos da terra, livres da opressão de espanhóis e portugueses, construindo um futuro de liberdade, igualdade e fraternidade.

Chamava-se Simón José Antonio de la Santísima Trinidad Bolívar y Palácios o jovem órfão, rico, saudável embora franzino, além de muito inteligente e decidido. Corriam-lhe também nas veias algumas gotas de sangue africano, graças ao filho que seu tataravô materno havia feito numa escrava; tanto que os aristocratas peruanos o chamavam *El Zambo* (o cafuzo) — conforme Dos Santos veio a saber depois. Mas, ancestralidades à parte, o importante é que, naquela tarde de calor apocalíptico, nascia, entre goles homeopáticos de caldo de cana com abacaxi, uma amizade e um compromisso de filho para pai ou avô, de que nenhum historiador jamais soube ou cogitou.

Enquanto ao norte do Brasil ocorrem esses eventos, na Europa, na Península Ibérica, a invasão das tropas de Napoleão força a decisão portuguesa de transferir sua corte para o Brasil. E isso fortalece politicamente o país do qual Oiobomé declarou independência. Em vez de ter de submeter suas decisões às cortes de Portugal, agora o gigante da América do Sul negocia diretamente com a Inglaterra, seu principal e maior parceiro comercial e político.

Instigado por esse parceiro é que o soberano de Portugal no Brasil resolve reagir a Napoleão. E, como não pode hostilizar diretamente a França, a Inglaterra manda dom João invadir e conquistar a Guiana Francesa.

A operação militar é realizada por um corpo de novecentos soldados sob o comando de um tenente-coronel, que é auxiliado do mar por uma pequena frota, cujo melhor navio é uma corveta, comandada por um capitão inglês. É dezembro, e o combate trava-se às margens do rio Aproak. Um capitão de fragata sai gravemente ferido.

Janeiro. O capitão inglês entra em Caiena, a capital da Guiana, tendo o governador francês, dois dias antes, assinado a capitulação. É anexada a Guiana Francesa.

Com a volta da expedição ao Brasil, os expedicionários ficam sabendo do que se passa em Marajó e informam a corte. Tomando conhecimento do que está por vir, Dos Santos busca e consegue o apoio dos Estados Unidos, que também têm interesse econômico e estratégico nas riquezas do mar e do solo na antiga ilha de Marajó.

A vitória dos portugueses na Guiana coloca Dos Santos em estado de alerta, as tropas em prontidão. Durante meses e anos, numa trégua desgastante. Mas Oiobomé não para.

Até que, em Caracas, então, derrotado o regime colonial espanhol, instala-se a Junta Revolucionária, da qual o amigo venezuelano de Dos Santos, o jovem Simón José Antonio de la Santísima Trinidad y Palácios, recebe a patente de coronel e é nomeado embaixador na Inglaterra. E assim, novamente de passagem para a Europa, o agora coronel Bolívar resolve repetir, muito menos por nostalgia que por estratégia política, a visita de quase onze anos antes.

— Sua guerra, presidente, foi uma revolução popular de verdade. Foi o primeiro movimento anticolonial vitorioso na América do Sul! — Bolívar procura incutir ânimo em um líder já um tanto abatido e amargurado.

— A guerra está apenas começando, meu coronel. — Dos Santos sabe o que está por vir. Mas o venezuelano é incisivo.

— Está ganha, presidente! Desde que nós, latinos, nunca procuremos imitar os europeus nem os norte-americanos. Nosso povo é muito mais uma mistura de africanos e americanos do que descendentes de europeus. Eu mesmo venho de um tataravô paterno que fez um filho numa negra escrava. E quando meus pais morreram, foram os cuidados de uma doce e querida negra que embalaram minha primeira infância...

O líder venezuelano emana a jovial energia do otimismo. Mas o negro sabe bem o que teme.

— Sim, meu amigo! Mas mesmo com essa mistura de africanos e americanos, há aqueles que se julgam superiores só porque têm a pele mais clara. A escravidão africana nas Américas já dura quase trezentos anos. E isso desgastou demais o moral e a capacidade de reação do meu povo.

— Presidente... — Bolívar insiste. — Na Venezuela, as cadeias da escravidão já foram rompidas. Os que foram escravos agora são homens e mulheres livres. Assim, os que antes eram inimigos hoje são defensores da pátria, presidente.

— Não sei até quando, coronel, não sei... Veja o exemplo de Santo Domingo. A França, logo que soube da República, revogou a abolição da escravatura.

Dos Santos, apesar da amizade que o une ao venezuelano, amizade e colaboração sedimentada por cartas e outros tipos de mensagens trocados em mais de dez anos, conhece o fosso que ainda separa os mulatos dos negros. E sabe também que esta passagem de Bolívar por Oiobomé se deve mais à carta de recomendação que Dos Santos lhe prometeu. Uma carta a Pétion, presidente do Haiti, que, aliás, também é um mulato. Uma carta que é como um aval para uma ajuda militar decisiva.

A missiva é entregue com um demorado abraço de despedida. O velho sabe que aquela é a última vez que vê seu jovem e impetuoso amigo. Pois o governador português da Guiana, nomeado por dom João VI, já está a caminho. E, instruído por dona Carlota Joaquina, fará uma parada na baía de Marajó, mandando chamá-lo a bordo para uma "conversa amigável".

A juventude de Bolívar, a despedida, a luta iminente, tudo isso junto, naquele momento, traz à tona, na alma do presidente, sentimentos paternais há algum tempo submersos pelos negócios de Estado.

— Agaçu! — chama ele pelo filho.

— Há alguns dias que seu filho não é visto no palácio, Excelência — informa um servidor.

De fato, desde que as manobras de guerra começaram, ninguém mais viu o jovem voluntarioso, arrogante, de comportamento sempre pronto a discordar do pai, a descumprir suas decisões e até mesmo a desafiá-lo. Onde andará ele agora, nesse momento de decisão?

ÀS ARMAS, CIDADÃOS!

O dia 20 de janeiro amanhece chuvoso. E é nesse cenário de chuva fina, insistente, e nuvens carregadas que fundeia na entrada na baía de Marajó, sob o comando de Maciel da Costa, a esquadra portuguesa. São quarenta navios de linha e vinte fragatas, transportando mais de trinta mil soldados.

A princípio, os oiobomenses julgam tratar-se de uma visita diplomática. Eles sabem que os portugueses estão indo para Caiena...

— Certamente, vieram nos dar ciência de suas intenções na Guiana; quem sabe até pedir nosso apoio — eles pensam, redondamente enganados. Porque o real motivo daquilo tudo é dona Carlota. Que não se conforma com a humilhação imposta por Napoleão. E convenceu o marido a invadir a Guiana.

— Muito menos — dizia ela — podemos permitir essas fumaças independentistas em território português, e partidas de um negro. Ora, por quem é!? Um escravo fugido, um calhambola. — E, assim, logo ordenava: — Na passagem por lá, senhor Maciel da Costa, faça-nos o favor de dar uma lição bem dada nesse negro... indepen... Insolente e infame é o que ele é.

O plano da "lição" fora bem preparado, como se a força luso--brasileira adivinhasse os planos dos generais oiobomenses. Mas a defesa de Oiobomé está alerta. Assim, ao ser informado pelo general Abiodum da intenção dos lusitanos, o marechal Dos Santos envia-lhes um ultimato:

— Se entrarem no porto, a cidade toda será incendiada.

Ignorando a ameaça, Maciel ordena aos seus que entrem no porto, no que imediatamente a cidade arde em chamas, não sendo poupado o palácio presidencial, ao qual o próprio Dos Santos ateia fogo.

Abiodum e seus seguidores procuram refúgio na floresta, preparados para emboscar, de suas novas posições, tantos portugueses quantos ousem persegui-los. Dadá Rueju faz o mesmo, levando seus homens para outro ponto da mata densa, agindo da mesma forma os demais comandantes.

A cidade em destroços, os portugueses, julgando-se vencedores, resolvem tomar o rumo de Caiena. Mas qual não é sua surpresa quando se percebem encurralados, entre o labirinto dos rios e a grande floresta. Os negros e índios conhecem muito bem a terra e fazem muito bom uso desse conhecimento, deslocando-se com facilidade de um lado a outro da antiga Marajó, cujo terreno é ideal para as táticas de guerrilha.

Sem alternativa, os lusitanos partem então para a luta aberta, matas e montanhas adentro. Mas em cada reduto fechado, em cada igapó, em cada igarapé, surgem, como duendes da floresta, grupos de negros fantasmagóricos, gritando, aterrorizando, matando, dizimando os agora já não tão arrogantes lusitanos. E, em meio aos brancos, vestido como um deles, e com as vestes igualmente rotas, sujas e ensanguentadas, quem vem, cambaleante, empunhando a bandeira branca da rendição?

— Não atirem... meus irmãos... Sou eu... Agaçu...

Ou os soldados de Oiobomé não reconhecem o filho desaparecido do marechal Dos Santos ou foram tomados de ira profunda diante da perfídia do filho traidor. O fato é que a mais forte e compacta descarga de mosquetões que jamais se ouviu na Amazônia ribomba e repica por céus e rios, manchando tudo de um vermelho terroso, inclusive a estraçalhada bandeira da paz.

Mas, em outros campos, a luta continua.

Quase dois anos depois, a exaustão é flagrante em ambos os lados. Maciel, que conseguira escapar ao cerco, chegar a Caiena e, depois de algum tempo, estabelecer um acordo com os franceses, volta agora com uma proposta de paz. O seu pretendido interlocutor é Dos Santos, velho e abatido, face à traição do filho, mas ainda líder, em sua força espiritual inquebrantável. E é mesmo o próprio marechal-presidente, vestindo seu melhor traje, em contraste total com aquele ambiente de miséria e destruição, que vem, sem que seus generais saibam, ao encontro do governador português de Caiena.

— Como, então, Marajó rompeu os laços com Portugal e tem agora um senhor absoluto?! — Maciel, sentado, olha com desdém para o negro idoso mas ainda atlético e desempenado.

— Portugal nunca se interessou pela região, governador. E a população acabou se cansando. — Dos Santos mantém-se altivo, o que começa a exasperar o funcionário colonial.

— Aí, você, negro, resolveu brincar de rei do Congo.

— Proclamei uma República, senhor... Uma república livre: Oiobomé...

— Ah! Então, você é o rei do Daomé, negro? — Maciel finge não saber que Marajó e as ilhas vizinhas constituem uma república, com nome e carta constitucional próprios. Dos Santos não dá importância.

— Mas estou resolvido a devolver a ilha a Portugal e cessar as hostilidades, desde que a rainha e o príncipe assumam o compromisso de honra de não restaurarem a escravidão.

É um jogo. Nele, Maciel finge concordar, para ganhar alguns segundos. E o velho presidente precisa apenas de mais alguns meses, nos quais a malária, a febre amarela e todo o imenso exército das doenças tropicais saberão dizimar, soldado por soldado, as tropas de dona Carlota Joaquina. Entretanto, antes de ouvir qualquer manifestação por parte de Maciel da Costa, Dos Santos percebe a cilada. Mas não tem tempo de se desvencilhar dos quatro soldados que se aproximam, rápidos, e o imobilizam, com uma gargalheira. A cena ocorre em segundos. Aproveitando-se da surpresa e da estupefação do presidente oiobomense com o que lhe ocorre, os soldados o arrastam para não se sabe onde. Quando ele acorda, seus movimentos estão tolhidos por correntes; e o porão escuro de uma embarcação, certamente outra e em movimento, é agora o que lhe restou de seu sonho libertário.

A traição de Maciel não provoca reação imediata. Com o exército de Oiobomé disperso e sem que ninguém saiba que o presidente foi levado para morrer no cárcere, no Rio de Janeiro, Oiobomé vive um momento de perplexa desorientação. Assim, três meses depois, os habitantes de todo o arquipélago tomam ciência do bando que restabelece a escravidão e do ato traiçoeiro cometido contra Dos Santos pelo governador lusitano da Guiana.

Mas, aos poucos, a perplexidade começa a dar lugar ao interesse; a aglutinação começa a substituir a desorientação. E o estopim é aceso quando chega à ilha, com detalhes, a notícia da tortura seguida de morte do grande e querido líder, já com quase setenta anos de idade.

Dos Santos foi jogado numa cela surda no presídio da ilha das Cobras. Sem água nem pão, foi sufocado por fumaça de cal virgem, que os verdugos despejavam no chão da cela, molhando com água e trancando a cafua, sob o calor escaldante da capital do Reino.

Morto o grande líder Dos Santos, as tropas luso-brasileiras, doentes e quase totalmente dizimadas — pagando o dízimo de sua incompetência —, voltam à capital do Império cantando uma vitória que jamais aconteceu. E, na alvorada desse canto, Oiobomé começa a despertar, embora dividida.

Em Popolomé, o coronel Abiodum forma um governo provisório, apoiado de Belém, por grileiros de terra, índios interesseiros e comerciantes desonestos. Em Torobinda, um outro grupo indígena, congregando etnias e interesses diversos, e armado por Caiena, busca também organizar-se para desestabilizar o Estado. E, em Banzagudá, numa atitude estranhamente ascética, beirando a insanidade, Dadá Rueju, velho líder religioso e guerreiro, ao confirmar o fim da existência terrena de seu venerado mestre e amigo Dos Santos, toma a decisão extrema, num gesto teatral.

O sol está a pino e Dadá Rueju se dirige para a enorme sumaumeira que sombreia uma das entradas da floresta e abraça os oitenta ou noventa centímetros do caule cheio de espinhos. Abraça, aperta e inicia uma litania estranha, numa também estranha língua, durante a qual vai se esfregando, em flagelo, cada vez com mais ímpeto, no tronco espinhoso:

— Meu Deus, mestre de todas as coisas, eu te rendo homenagem e te peço perdão — sussurra Rueju em uma das línguas do Daomé. — Escuta minha prece e me perdoa! Presto homenagem a Liçá, o dono de tudo o que é branco, pois o branco é a cor do poder. Presto homenagem à terra e a Sakpatá, seu dono. Presto homenagem ao céu e a todos os espíritos que aqui se encontram. Principalmente a Hevioçô, espírito do trovão e da chuva. Presto homenagem ao mar e a Avrekete, rainha das águas. Rendo homenagem a Ajahutó, fundador das dinastias...

O sangue escorre em bagas do corpo de Dadá Rueju, empapando a sumária roupa que veste e o chão em volta da árvore. Ninguém ousa se aproximar. E o coronel prossegue, já começando a dar sinais de fraqueza:

— Rendo homenagem a Legbá... semeador da discórdia... Glória a ti, ó Gu... espírito da guerra... do sangue... do ferro... e das matanças... Glória a ti... fogo crepitante... dono da doença vermelha... Presto... homenagem... a Kutó, que reúne em si... o que é salgado... e não salgado. Presto homenagem a Azê...

Rendo homenagem... de novo... àqueles que comem... carne humana crua...

O penitente está exangue. E os assistentes estão indo embora aos poucos, cabisbaixos, não suportando a crueldade da cena. Mas a litania já está quase no fim.

— Rendo homenagem... aos gêmeos e aos símios... reis dos gêmeos, espíritos caprichosos... ao Agoçu e a seus irmãos... que eu jamais esquecerei... Homenagem... a Torrossu... espírito dos aleijões... e das águas doces... Homenagem aos mortos e seus espíritos... Rendo... homenagem... a Fá, instrutor... da humanidade. Recebe minhas homenagens, ó Aizan... bem-vindo... senhor... ahf... das florestas... e vós todos... espíritos... das sombras... tanto... do vento... e da água... quanto... da terra...

Dadá Rueju não consegue completar sua litania. Seu corpo, literalmente estraçalhado pelos agudos espinhos da sumaumeira, escorrega devagar, o peito sendo rasgado pelo pai de todos os espinhos. E, ali, ao pé da árvore sagrada, ele tomba em holocausto, autoimolado em honra de seus voduns daomeanos.

— Temos que enterrar o corpo o mais rápido possível — diz um parente do suicida. — Ele precisa se reunir logo aos ancestrais de nossa família. Senão, seu espírito vai ficar vagando, querendo voltar aos lugares por onde costumava andar.

— E temos que alimentá-lo, honrá-lo, apaziguá-lo, para que ele encontre o caminho da paz. E nos ilumine, lá do país dos ancestrais.

◈

No dia seguinte, o corpo sepultado, Rueju tem seu *assen*, cetro metálico que simboliza todos os mortos, devidamente fincado na terra, no local de sua sepultura, e propiciado na forma do costume.

É então questão de vida ou morte vingar Dos Santos, manter Oiobomé independente, e livres os negros e índios, expulsando para bem longe brasileiros e portugueses. E é aí que o coronel Jorge José dos Santos Silva, neto por linha materna do fundador e um de seus mais fiéis colaboradores, assume o governo, instala provisoriamente a capital em Kalaboka, faz-se proclamar imperador por sua guarda de honra, sob o nome de Jorge I, sendo coroado por seu mentor espiritual, o hugan Procópio D'Águê.

O novo imperador é um mulato magro, olhos tristes, pele amarelada e rosto marcado pela varíola. O bigode cheio por sobre os lábios finos e sem muita expressão, que só se abrem em sorrisos breves e acanhados, oculta-lhe os dentes bastante maltratados. Mas veste-se com relativo apuro, os trajes imperiais, sempre mesclando o branco a vários tons de verde, caindo-lhe bem sobre o corpo seco e bem-proporcionado.

Jorge I dá a Oiobomé nova Constituição e nova organização política, mantido entretanto muito do ordenamento consolidado por seu saudoso avô; e envia aos Estados Unidos um emissário. Trata-se de Antonio da Cruz, que segue juntamente com o comerciante americano Joseph Bryan, para conseguir o apoio do Departamento de Estado.

O fato é tão inusitado em sua importância que, sobre ele, o famoso escritor Stendhal anota em seu diário:

"A admirável insurreição do Brasil, quase a maior que poderia acontecer, traz-me as seguintes ideias: 1) a liberdade é como a peste: enquanto não se jogar ao mar o último contaminado, nada de definitivo foi feito; 2) O único remédio contra a liberdade são as concessões. Mas é preciso empregar o remédio a tempo: vede Luís XVIII. Não há lordes ou névoas no Brasil."

Na sequência dessa viagem memorável, a declaração de ilegalidade do tráfico transatlântico de escravos contribui decisivamente para o povoamento e a consolidação da República de Oiobomé. Àqueles que já lá estavam, ainda resistindo ao inconformismo colonialista português que volta e meia envia expedições de reconquista, sempre rechaçadas, vêm somar-se agora imigrantes das Antilhas e dos Estados Unidos da América.

— Desde o fim dos Setecentos o movimento abolicionista vem incentivando a repatriação de africanos...

— Que bonito, não é? Como são piedosos, esses abolicionistas!

— Deixe de ser tola, Mary Ann! Eles querem minar o escravismo, sim. Mas os interesses são puramente econômicos.

— Ih! Você é tão amargo, meu velho! Tão descrente...

— Ou você não sabe que já em 1787 eles conseguiam embarcar cerca de 1.500 libertos da Inglaterra para Serra Leoa? E agora acabam de organizar uma tal de American Colonization Society. Veja você...

A "volta à África" está na ordem do dia. É assunto até das famílias brancas, discutido no recesso de seus lares. Assim, objetivando o aumento quantitativo e qualitativo da população de Oiobomé, o imperador Jorge I entra em contato com James Madison e Henry Clay. E, mesmo duvidando dos propósitos humanitários da política de reassentamento da American Society, negocia a imigração de dois mil libertos, que chegam a Oiobomé, em diversas viagens.

Para tanto, o governo de Da Silva resolve criar uma linha marítima regular, ligando Oiobomé à Louisiana, com escalas em Port of Spain, Kingston, e Nassau, nas Bahamas. Na Louisiana, sociedades organizadas pelos próprios libertos também veem com mais entusiasmo o reassentamento de seus membros em um país americano recém-criado do que sua incerta volta a uma África já devastada pela guerra e pela fome.

E é em meio a essa azáfama migratória que Oiobomé recebe, consternada, a notícia, vinda do Brasil, do falecimento do alferes Joaquim José da Silva Xavier, cujas ideias foram sempre reconhecidas como inspiradoras da ação do grande líder Dos Santos. Seu enforcamento tinha sido uma farsa, sendo outro imolado em seu lugar. E a revelação vem numa carta em que Natalina fala ao marido (que já não é deste mundo e inconscientemente morreu perto da família, sem que ela soubesse), da sorte dos filhos:

"...Damiana está bem-casada, com dois nenenzinhos; e Doçu trabalha na ucharia do Paço. Se um dia vosmecê resolver voltar..."

A carta, recebida e aberta com a autorização do imperador Jorge I, ex-Da Silva, conta ainda que o alferes, exilado em Portugal, recebera o auxílio da família real. Convivia bem com dom João, tendo até mesmo tratado de dona Maria I na sua fase de loucura. E voltara ao Brasil junto com a corte, em sua atabalhoada fuga da ameaça napoleônica. No Rio de Janeiro, onde vivera na clandestinidade, o "Tira-dentes" reencontrou a mulher, dona Francisca, e a filha Joaquina. Mantendo-se à custa de uma pequena pensão dada por dom João, o ex-alferes retomou suas antigas atividades de barbeiro e sangrador. Tendo escapado da forca aos quarenta e dois anos de idade, Joaquim José da Silva Xavier — dizia a surpreendente carta, ditada por Natalina e escrita, segundo ela, por um certo senhor Assis Brasil — morreu aos sessenta e oito anos de idade, sendo seus restos mortais — em vez de espalhados pela estrada, como se dizia —, na verdade, enterrados numa igreja do centro, ou no cemitério de Santo Antônio, da Santa Casa de Misericórdia.

Segundo a carta, a confiança de dom João no inconfidente era tanta que foi dada a ele, por imposição da temível rainha Carlota, a incumbência de tomar conta, na volta para o Brasil, de uma filha bastarda do rei.

Passados alguns anos da chegada dessa verdadeira carta-bomba, a Guiana é devolvida pelo Brasil aos franceses. E por esse tempo, também, a província do Grão-Pará adere à revolução constitucionalista do Porto, pondo-se em rota de colisão com a corte portuguesa no Rio de Janeiro.

Nesse contexto, o brigadeiro português comandante da guarnição paraense depõe a junta governativa e fecha a Câmara, para sufocar o movimento pró-independência. E aí, em uma das ilhas do arquipélago, insuflado pelos ventos que sopram de Ganamali, a Gurupá dos portugueses, ocorre o "pronunciamento de Muaná", movimento rebelde restrito a um discurso anônimo, igualmente dominado pelas forças reinóis.

Uns dez anos depois irrompe a Cabanagem, essa sim uma revolta de verdade. O presidente da província não consegue conter a insurreição e é substituído. Passado mais um tempo, caboclos, índios e escravos, sob o comando de líderes de pés descalços, saídos da multidão, põem-se em armas para um ajuste de contas com o governo e o poder econômico. A guerra dura cinco anos, ao final dos quais a lavoura e a pecuária estão praticamente extintas.

Eis então que, em terras lusitanas, a Revolução do Porto tenta restabelecer o velho sistema colonial monopolista. O rei parte para a metrópole, e a classe comercial brasileira, que não está disposta a perder todo o terreno ganho, declara a independência do Brasil, com o apoio da Inglaterra. E é nessa altura dos acontecimentos que, envolvido em atividades subversivas e, assim, perseguido pelo governo brasileiro, um mulato chamado José da Natividade, dizendo-se poeta e pertencente a uma certa "Arcádia", pede asilo a Oiobomé.

Não traz documentos o mulato: só um calhamaço de versos em que canta a história gloriosa da província de Pernambuco, onde nasceu. Dando-o por suspeito, as autoridades oiobomenses resolvem encarcerá-lo. Mas ele foge em direção à Colômbia — como depois se saberia, pela carta que enviou, reivindicando seus poemas, que àquela altura já haviam sido incinerados.

O Brasil passa, então, a ser um império e o príncipe regente é coroado dom Pedro I. Algum tempo depois, entretanto, movido por interesses estratégicos, o imperador do Brasil abdica em favor do filho e retorna a Portugal.

Enquanto isso, em Oiobomé, chegam os embaixadores do rei do Daomé. Eles vêm de Cuba, onde encontraram Tolo-Ño ou Na Tegué, a amada esposa do rei Guezô, capturada e vendida para as Américas aos quinze anos de idade.

Na Tegué lhes contara que Na Agontimé, mãe de seu marido, vendida também como escrava, estaria no mar lá para baixo, depois do Caribe, num império de nome Brasil. E de fato eles a encontram. Só que, ao contrário de Na Tegué, escrava de um engenho na província cubana de Matanzas, Na Agontimé teve destino mais airoso. Graças certamente a Zomadono, o vodum que trouxera consigo, fundou, no Recôncavo da Bahia e em São Luís do Maranhão, o culto dos voduns e o dos ancestrais da corte daomeana. Por isso, mas sem que soubesse desses pormenores, o presidente Dos Santos fez dela a ialodê, a dama principal de Oiobomé, senhora de grande influência e força, moral e espiritual, sem a qual o país nunca teria chegado aonde chegou.

Verdadeira "Mãe da Pátria", Agontimé foi, por seus conhecimentos e sua intimidade com as forças superiores, a grande condutora dos caminhos da nova e vibrante República, na paz e na guerra.

Mas agora sua missão terminou. E, feliz pela consciência das obrigações cumpridas, lá vai ela, idosa mas firme e altiva, de novo fazer a Grande Travessia. Só que, desta vez, vai feliz, lançando suas bênçãos sobre o país, filho do seu e que tão bem a acolheu. Vai feliz, em contraste com o clima sombrio no país vizinho.

A abdicação e a consequente partida de dom Pedro provoca nos lusitanos do Brasil um sentimento de orfandade. Os brasileiros, por sua vez, colocam-se em campo oposto, vislumbrando, pela primeira vez, diante da nova possibilidade, a efetiva esperança de uma pátria republicana; e só sua. Então, os conflitos não tardam a espocar aqui e ali. Os sucessivos governos provisórios tentam em vão pôr fim à guerra civil nas províncias e à insubordinação no Exército. A Constituição é emendada para descentralizar o governo, criando-se assembleias provinciais dotadas de considerável poder local, e elegendo-se um regente pelo período de quatro anos.

— O regente agora é um tal de padre Feijó...

— Dizem que é filho de pais desconhecidos. Ou de um padre... Talvez seja um dos nossos.

— Qual o quê! Ele prometeu que vai lutar contra a desintegração do Império, e principalmente contra Oiobomé.

Mas Feijó é fragorosamente derrotado. E, valendo-se dessa situação, os republicanos buscam incompatibilizar os regentes provisórios — e mais especificamente o regente marquês de Caravelas — com o povo. Temendo o "acirramento dos conflitos com desnecessário derramamento de sangue do povo", como teria afirmado, ou por medo mesmo, como parece mais certo, o marquês resolve abandonar o cargo, propondo a convocação de um novo triunvirato, para governar o país não mais em caráter provisório, mas de forma permanente.

— É uma pena, marquês, que um homem de sua têmpera abandone o governo — diz com ironia o brigadeiro Lima e Silva, também regente, tão conhecido pela sua mulatice quanto por suas tiradas ferinas.

— General — responde Caravelas, suando frio, a voz embargada não se sabe por que tipo de emoção —, ninguém pode ser político nem governar contra a vontade do povo.

O próprio Lima e Silva encarrega-se de constituir o novo governo, nomeando, apenas pro forma, os outros dois membros. E, ante o clima de instabilidade que se instaura em todo o território brasileiro, ele mesmo, auxiliado apenas por uns cinco ou seis oficiais de sua inteira confiança, resolve restabelecer a ordem e pacificar o país.

No Recife, soldados de vários batalhões saqueiam a cidade durante três dias... No Ceará, um certo coronel Madeira, entendendo como nulo o ato de abdicação do imperador, põe a província em polvorosa... Em Belém do Pará, as tropas também se sublevam. Escravos, caboclos e índios, liderados por chefes saídos do povo, põem-se em armas. E, em Marajó, ilha quase virgem, totalmente isolada, aquele grupo de negros ensandecidos "brinca de República", como diz Lima e Silva:

— Está na hora de ensinarmos a lição final a esses negros — ordena o brigadeiro mulatão ao coronel Antônio Velho, seu auxiliar mais próximo.

— O que eles precisam é apenas de um bom capitão do mato, meu comandante — ironiza Velho. — E isso lá em casa é uma tradição de família.

Mas o que nem Lima e Silva nem Velho sabem é que a República de Oiobomé, já no tempo do presidente Dos Santos, tornara-se uma realidade em termos de administração, trabalho e principalmente defesa. Realidade que o autoproclamado imperador Jorge I só faz consolidar.

Então, ao iniciar-se o novo reinado, Oiobomé rompe relações com a Santa Sé, que se recusa a reconhecer a autonomia do país. Esse impasse vai durar mais de cinquenta anos e tem grande influência sobre a política externa da jovem nação. A Igreja Católica nunca havia conseguido em Oiobomé a penetração e a influência que lograra estabelecer no restante da América Latina. Apesar do esforço de catequese dos missionários e da incipiente cristianização de Dos Santos na infância, os fundamentos filosóficos e rituais da tradição religiosa africana foram muito bem transmitidos pelos educadores revolucionários e ainda melhor assimilados pelo povo oiobomense. Tanto assim que, vistos como propagadores de uma fé que, ensinando a submissão, a resignação e a humildade, esbatia o caráter empreendedor e guerreiro do povo, os últimos padres católicos foram expulsos da ilha logo que a revolução se sentiu fortalecida para a vitória final.

Os grandes mestres oiobomenses sabem e ensinam que o tempo é um fenômeno que se realiza em duas dimensões. A primeira é a dimensão que compreende todos os fatos que estão a ponto de acontecer, que estão acontecendo ou acabam de ocorrer. A segunda é a dimensão dos acontecimentos passados que ligam o início das coisas ao que corre, agora, no universo.

— As pessoas vivem ao mesmo tempo em três mundos diferentes: o da realidade do universo, o dos valores do mundo à sua volta e o do que se passa diante da alma e do coração — diz o mestre Ganga-ia-Muloko, um preto velho tão velho que alguns dizem ter chegado à antiga Marajó ainda no tempo dos primeiros portugueses e se misturado aos índios. Apesar da voz quase inaudível, ele não se cansa de ensinar:

— A realidade do universo é o mundo dos vivos, da natureza e dos fenômenos naturais. O segundo é o mundo dos valores espirituais e mentais da pessoa e de sua comunidade. O terceiro é o mundo dos poderes espirituais de cada pessoa.

Para os oiobomenses, então, o Ser Supremo está colocado acima da autoconsciência, que não se pode exprimir. Mas o ser humano não pode renunciar à vida terrena para dedicar todo o seu ser e toda a sua vida ao mundo da autoconsciência e ao serviço do Ser Supremo. Como não pode abandonar o mundo da autoconsciência para dedicar-se apenas à realidade concreta da vida terrena.

— Toda coisa começa onde outra acaba — diz Muloko.

Assim como acontece com Ganga-ia-Muloko, a grande preocupação existencial de todos os mestres não é atuar sobre o meio ambiente, e sim conscientizar os membros de sua comunidade para que eles respeitem sua ancestralidade e preservem a memória dos fatos passados.

— O tempo — é ainda o Ganga quem fala, em um discurso estranhamente cartesiano e intelectualizado — é determinado mais pela opção de vida do que por fatores como a raça do indivíduo ou o lugar onde ele vive. O ser humano tem que entender que o passado, o presente e o futuro existem ao mesmo tempo. E, aí, ele vai organizar seu tempo dentro da harmonia dessas três variantes. "O conceito de tempo linear é uma ilusão. E a materialidade é uma miragem" — conclui o mestre, olhos semicerrados. E o que ele diz está escrito no *Grande livro do saber e do espírito*, a bíblia de Oiobomé.

Toda Oiobomé sabe, também, que o Ser Supremo é o criador de todos os seres e coisas. Mas Ele está muito distante do ser humano e só é acessível por meio de divindades secundárias. Essas divindades, intermediárias entre o ser humano e o Ser Supremo, desempenham funções protetoras especiais, ligadas aos vários aspectos da vida humana.

Os primeiros indivíduos do gênero humano — ensinam os mestres oiobomenses —, unindo a humanidade ao Ser Supremo, constituem o elo inicial da cadeia da vida. Esses ancestrais longevos foram os primeiros aos quais o Ser Supremo comunicou a própria força vital e o poder de fazê-la agir sobre toda a sua descendência.

Depois desses primeiros seres, estão situados os heróis civilizadores, aqueles que, por delegação do Ser Supremo, desenvolveram ações criativas decisivas no acréscimo da força vital, na organização e no aprimoramento de suas comunidades. Entre essas divindades secundárias, ocupam lugar especial os espíritos dos mortos ilustres que atingiram a condição de ancestrais. E abaixo dos heróis civilizadores e ancestrais, influindo poderosamente sobre os humanos, estão os espíritos e os gênios.

Os espíritos e os gênios — sabem os oiobomenses — são divindades secundárias com atribuições diferentes daquelas dos antepassados. Por sua natureza e proximidade em relação ao Ser Supremo, podem levar até Ele louvores, súplicas e oferendas enviados pelos humanos e d'Ele obter resposta. Uma vez que essas divindades gozam de liberdade e independência, o que elas transmitem aos seres humanos não provém necessariamente do Ser Supremo. Assim, elas podem ser agentes tanto de benefícios quanto de malefícios.

Alguns dos espíritos e gênios são protetores e guardiões de indivíduos, grupos e localidades, e podem habitar em objetos e lugares, de forma temporária ou permanente. Eles receberam do Ser Supremo a tarefa de vigiar e administrar certos locais, os quais só podem ser utilizados com a sua devida autorização. Nesses casos, são identificados por um nome próprio que especifica suas funções e características ou indica o lugar em que habitam. Eles têm também a responsabilidade sobre as pessoas que vivem nesses locais e podem puni-las em caso de falta ou recompensá-las a seu bel-prazer.

Entre os espíritos e os gênios, esses últimos são, especificamente, a expressão da força vital dos fenômenos naturais, como o raio, o vento, o arco-íris, as epidemias etc. Tanto o Ser Supremo quanto as divindades, os antepassados e os seres humanos, enfim, tudo o que existe no universo interage em obediência a regras extremamente precisas por meio de sua respectiva força vital. Tudo isso está escrito no *Grande livro do saber e do espírito*, a bíblia de Oiobomé.

A par desses princípios, os sábios do grande templo belamente reconstruído da nova Ganamali têm em mente regras de vida e convivência muito antigas. Baseado em todos esses conceitos é que Jorge I, em seu decreto inaugural, dispõe, sem alterar a Constituição em vigor: "A religião do Estado e do povo da República de Oiobomé é aquela dos nossos antepassados, consubstanciada no culto aos ancestrais e aos heróis fundadores, inclusive os de nossos irmãos ameríndios, reforçada pelo culto aos orixás, voduns, oboçons e inquices africanos; e o casamento é um ato puramente civil, realizado sob a proteção do Estado, sendo permitido o divórcio, nas situações descritas em Lei."

A Constituição busca a estabilidade da sociedade oiobomense a partir da família. Assim, cada homem ou mulher pode ter tantos cônjuges e filhos quantos puder prover, sendo a natalidade incentivada. Da mesma forma é incentivada a imigração de africanos e descendentes, vindos do continente de origem, dos Estados Unidos, do Caribe, da América Central, do Prata, do Pacífico e até mesmo do Brasil.

Mas, apesar da bem-elaborada Constituição e dos sólidos princípios éticos arraigados na maioria de seus habitantes, o embate entre crenças ainda balança Oiobomé. E, assim, embora o fogo católico já esteja totalmente extinto, poucos anos depois de iniciado o novo governo, um outro movimento, de fundo religioso, apeia do trono o imperador Jorge I, que se exila em Serra Leoa. E leva ao poder Elias Faustino, neto pela linha paterna de um dos filhos do grande fundador de Oiobomé.

Ex-aluno de um professor inglês, que secretamente incutia na mente de seus discípulos os ensinamentos de uma Bíblia herética, com a presença de faraós egípcios na família real israelita, como os reis Salomão e Davi e até mesmo Jesus Cristo, Faustino leva uma existência quase monástica, ao lado da mulher e da filha tida como única: seu filho, violento mas covarde, leva, já há algum tempo, longe da casa paterna, uma vida boêmia e de dissipação, canalizando os efeitos de seu mau procedimento contra o próprio pai.

Já este, sempre agindo nas sombras, secretamente, fundara, também tempos atrás, o que chama de "Sociedade Egipcíaca", a qual, num momento de conjuntura econômica desfavorável na sociedade de Oiobomé, começa a multiplicar geometricamente, a cada dia, seu número de adeptos. E a essa crise monetária atravessada pelo país vem somar-se um fato extraordinário: a erupção de um incêndio de causas desconhecidas.

O sinistro destrói vinte hectares de floresta, o equivalente a duzentos campos de futebol (como dirão, mais tarde, alguns livros escolares editados no Brasil) a apenas dois quilômetros do centro de Ganamali, a capital de Oiobomé. Aproveitando-se do caos reinante durante e após a erupção do sinistro, os seguidores de Elias Faustino tomam o palácio, dissolvem o parlamento e entronizam seu líder como monarca, com o enigmático título de Faustino III, já que não se sabe da existência de outro "Faustino" antes dele.

BATUCADA FANTÁSTICA

O novo rei traz no corpo a marca da degeneração motivada pela consanguinidade de seus pais. Quase um anão, tem a cabeça desproporcionalmente grande em relação às finas pernas arqueadas que sustentam o ventre volumoso. A pele amarelada e a carapinha formada por pequenos grumos isolados fazem-no lembrar um boxímane. E essa semelhança se acentua pelos olhos apertados, o nariz achatado e os zigomas de proeminência mongoloide. Mas sua filha... hummm...

Imagina o leitor aquela mulherzinha meio índia meio preta, de altura além de mediana; olhos puxados mas vivos e convidativos; pele acobreada, cheia de quadris e de nádegas generosas; quase sem barriga e com seios desafiadoramente empinados; cabelos escuros como as águas do rio Negro e longos como as do Amazonas. Pois a filha de Elias Faustino, agora Faustino III, é assim.

Só que, ao assumir o governo, o déspota omitiu, ou melhor, mascarou a existência dessa filha, com medo de que um casamento lhe impedisse a continuação da linhagem. Dizia ser pai apenas de um filho varão. E, esperançoso quanto à regeneração desse filho, que era mau e imprestável, escondeu a moça de tudo e de todos. Mas continuou mentindo.

Mas agora não dá mais para segurar. Constantemente assediada pelos luso-brasileiros, Oiobomé tem inúmeros pretendentes à sua mais alta magistratura. E a falta de um sucessor hereditário põe a estabilidade do Reino em perigo. Além disso, movida, digamos, pelas injunções biológicas da idade, Olufemi Pipi — chama-se assim a bela — está louca para se casar. Então, numa de suas falas ao povo, o soberano revela o segredo.

— Durante todo esse tempo, o povo de Oiobomé soube que eu tinha um filho que estudava na França — Faustino fabula (um rei não mente) o tempo todo. — Mas isso não é verdade. Peço, então, perdão por ter ocultado os fatos e aproveito para apresentar ao povo de meu país minha filha. Única. E escolher, neste momento, meu genro e herdeiro presuntivo.

A um toque de tambores, surge então na janela do novo palácio, ainda em obras, a belíssima Olufemi Pipi, provocando uma exclamação coletiva de espanto; uma exclamação tão forte, embora surda, que se ouve até nas Guianas; e tão súbita que põe em revoada acauãs, arapongas, araras, bacuraus, beija-flores, corruíras, corujas, gaivotas, garças, gaviões, inhambus, jaburus, jacamins, jaçanãs, juritis, maracanãs, patos, periquitos, pica-paus, sabiás, tangarás, tucanos, urubus... todas as aves da floresta.

— Minha filha procura um noivo! — proclama o imperador. — Um noivo negro.

Ouvindo isso, com a multidão em polvorosa, Olufemi, seguida pelo pai, retira-se para seus aposentos. Ela não se anima muito com a condição imposta, pois sempre ouviu dizer que "filho de negro é moleque; roupa de negro é molambo; catinga de negro é xexéu; venta de negro é fole; que negro não vai pro céu nem que seja rezador; e que, quando não suja na entrada, suja na saída". Mas o soberano, vendo-a abatida no leito, esclarece, carinhoso:

— Existem negros de várias procedências e de várias índoles, minha filha. Os angolas, por exemplo, são insolentes, faladores, preguiçosos; sem persistência para o trabalho e sem sinceridade nas coisas, mas dançam bem. Os tongas são inferiores em raça e cultura, mas sabem caçar. E os africanos islamizados, principalmente os fulas ou fulânis, são inteligentes, letrados, guerreiros e piedosos. Se você se casar com um fula, principalmente se for de origem nobre, vai fazer um bom casamento. E isso é um belo passaporte para nossas relações exteriores.

Consoante a boa tradição africana, os homens fulas, fulânis ou fulbés, além de serem belos, indômitos, cavalheiros, amorosos e guerreiros, quanto mais são dotados desses requisitos, mais têm os membros finos e compridos, incluindo-se aí... os dedos. Assim, o imperador propõe à filha um jogo:

— Eu declaro aberta a competição para escolha do teu noivo. Mas fixo como condição para escolha do premiado que esse anel que você usa no dedo mindinho caiba no anular dele. Garanto que o anel só vai caber se houver um fula entre os pretendentes.

Olufemi Pipi enxuga as lágrimas, anima-se e volta ao balcão do palácio com o pai, que proclama as regras do jogo. Passado algum tempo, vem o primeiro candidato. Que se veste bem, diz-se rico, conta vantagens... Mas a princesa percebe-lhe o hálito desagradável e dá graças aos céus quando vê que o anel não lhe entra nem na falangeta.

Vem, então, o segundo, que é jovem, forte, bem-apessoado, mas veste roupas que lhe denunciam a penúria em que vive e suas intenções puramente materiais. Mas felizmente o anel também nem de leve lhe cabe no dedo.

Ao todo foram trezentos e trinta e sete os pretendentes. E o soberano já desistira do jogo e se recolhera quando, pela estrebaria, chega ao palácio um mendigo, dando a entender — pois fala uma língua familiar, mas incompreensível — que pede comida e pousada.

Por uma dessas muitas artes dos deuses africanos e oio-bomenses, Olufemi, que tinha ido procurar sua aia na cozinha, bate com os olhos nos olhos do forasteiro e sente uma súbita e estranha emoção, misto de ternura e desejo por ele. De imediato, fixa seu olhar nos pés descalços do miserável e vê que ele tem os artelhos estranhamente finos e compridos. Olha-lhe, então, as pernas, alteia o olhar... Mas não pode ver as mãos do pedinte, pois ele só tem parte do braço esquerdo e o direito está dobrado para trás, em sinal de respeito pela real e belíssima figura da princesa.

— Então, não tens o braço esquerdo? — pergunta a moça, a voz trêmula.

— Perdi na guerra, senhora. Na guerra de Usman Dan Fodio contra os infiéis. Alá o tenha em sua glória! — responde o pobre, entendendo claramente o que a bela perguntara e fazendo-se entender por ela, pois ambos falam a linguagem universal do Amor.

— Com que então, o senhor é um hauçá? — Olufemi quase não se contém de nervosa.

— Sou um fulâni, bela jovem. Devotado à causa do Profeta. Alá seja louvado!

O monarca percebera o movimento. E descera também ao compartimento de serviço. E, ouvindo a revelação do mendigo, intromete-se imperialmente na conversa:

— Estamos em plena campanha de casamento da minha filha, meu rapaz. Trezentos e trinta e sete candidatos se apresentaram e perderam. Então, ouça o seguinte: se o anel que ela usa no dedo mínimo couber no teu anular, ela será tua esposa.

Os dois jovens se entreolham, tímidos mas felizes — porque o amor, como a fé, além de remover montanhas, é capaz de romper as mais firmes barreiras sociais. Mas Faustino III impõe uma última e séria condição:

— Casarás. Mas terás que te converter à religião de Oiobomé!

Indagado pelo jovem, o imperador explica o que é o "seu" vitalismo, dissimulado no argentarismo da tal "Sociedade Egipcíaca". O moço contrapõe seus argumentos, chegando à conclusão de que não há incompatibilidade entre as duas crenças:

— Eu também cultuo meus ancestrais e os espíritos da natureza. E acredito na universalidade do espírito. Tenho plena consciência de que o universo obedece a uma relação de causa e efeito entre os atos dos espíritos e a vida humana. Entendo também que esses atos cotidianos podem perfeitamente ser influenciados por práticas religiosas. E compreendo perfeitamente que toda obra, por menor que seja, deva ser remunerada.

O presidente está surpreso com a sapiência do jovem. E ele arremata:

— Se Vossa Excelência não sabe, Sundiata também consultava os cauris, os búzios. Doze búzios, para ser mais exato.

— E cobrava quanto? — interessa-se o imperador. Mas o jovem fulâni, que também sabe um pouquinho de iorubá, só tem ouvidos para sua Olufemi.

"Olufemi" quer dizer "Deus me ama". E o fato é que nenhuma festa em Oiobomé conseguiu até hoje se igualar à do casamento dessa amada dos deuses com Mamadu, o fulâni. E é dessa união, feliz para sempre, que se inaugura não só a rama muçurumim do vitalismo oiobomense (com a tal "Sociedade Egipcíaca" posta fora da lei), como a linhagem onde vai nascer o maior governante do país em todos os tempos.

Casada a filha, Faustino III, déspota mas bastante esclarecido, apesar de sua aparência estranha, discute com seus técnicos um mirabolante plano de contenção dos rios e furos que circundam e cortam Oiobomé. Ele quer construir represas e eclusas para domar as grandes caudais. E isso de modo a conseguir melhor aproveitamento do espantoso volume de água e a criação de vastas extensões de terras irrigadas e, assim, propícias à agricultura.

Trata-se de um projeto verdadeiramente faraônico. Não fosse o soberano um grande egiptólogo, ou melhor, um verdadeiro fanático pelas realizações e pela filosofia do Egito antigo. E, ao pensar em domar os grandes rios da Amazônia, ele se inspira no segundo Sesóstris ou Senusret, faraó que, com suas grandes obras, transformou as águas destruidoras do rio Nilo em fonte de alimento e riqueza para seu país.

As grandes reformas do pequeno Faustino III animam a população. E sua vocação para a engenharia é ainda mais estimulada quando descobre, no Arquivo Nacional, dois interessantes projetos, parece que trazidos do Brasil pelo presidente Dos Santos: um de construção de um aqueduto para abastecimento de água, outro para armazenamento de mercadorias em instalações portuárias. Os projetos são muito bem-elaborados e de alto interesse público. Então, Faustino não mede esforços e os põe em execução, para alegria do povo da capital e das cidades ribeirinhas do interior.

Governando quase como um monarca santificado, o baixinho Faustino acredita que sua ascensão à mais alta magistratura de Oiobomé, como a de seus antecessores, foi uma determinação divina. Que o respeito pelas realizações dos governantes anteriores deve sempre ser observado. E que o maior bem que um soberano, ou mesmo um presidente, pode receber é o amor de seu povo.

Mas essa "mania de Egito", como acusam seus adversários, em pouco tempo começa a minar o reinado do minúsculo Faustino III. Vivendo as Américas ainda sob a chama revolucionária vinda do Haiti, o presidente oiobomense, como o terceiro Sesóstris, vive então a odisseia daquele rei guerreiro. É assim que, usando estrategicamente os muitos canais fluviais de que dispõe, e depois de fortificar ainda mais o território do país, empreende diversas expedições bélicas de auxílio aos focos de insurgência escrava que vão espocando.

Primeiro, a "Invencível Armada" — como foi irônica e desrespeitosamente batizada a Marinha de Oiobomé por alguns pasquins do Rio de Janeiro — vai à Guiana Francesa oferecer seus préstimos aos Bonis na luta contra todos os colonizadores europeus. Mas os líderes guianenses recusam polidamente a ajuda.

Depois, com o próprio Faustino vestido de almirante comandando a esquadra, os marinheiros de Oiobomé partem para Trinidad mas não encontram o dr. John Baptiste Phillip, que tinha ido à Inglaterra negociar direitos civis e políticos para seu povo. Então, zarpam para a Jamaica. Onde, infelizmente encontram os *maroons* já rendidos ou de volta para a África, depois de covardemente atacados por uma matilha de centenas de cães ferozes trazidos de fazendas cubanas.

Da Jamaica, a armada se dirige exatamente para a ilha de Cuba. Mas a insurreição de La Escalera já foi também dominada e seus líderes e participantes igualmente justiçados ou deportados. Já meio abatido, mas ainda não se dando por vencido, Faustino conduz sua armada até a Virgínia, com a disposição de emprestar sua colaboração ao revolucionário Nat Turner. Mas, quando lá chega, ele acaba de ser enforcado juntamente com dezesseis de seus principais liderados.

De volta, a nau capitânia é abordada por bucaneiros na altura de Saint Vincent. E o chefe dos malfeitores, vendo o estado de miserabilidade de Faustino e seus marinheiros, compadece-se deles e lhes supre de água, rum e principalmente uma espécie de carne moqueada — datando daí, segundo alguns historiadores, a introdução do churrasquinho em Oiobomé.

É, então, por conta dessa sequência de incursões guerreiras frustradas, que o pequeno grande administrador — esse mérito nem seus detratores deixam de reconhecer — começa a experimentar profunda tristeza e depressão. E, como soe acontecer em situações semelhantes, os mais próximos começam a se afastar e os mais distantes a se regozijar com o insucesso do "faraó guerreiro".

Numa de suas crises mais profundas de depressão, agravada pela ingestão descontrolada de inúmeras xícaras de chá de ipadu, Faustino vê entrar em seus aposentos e sentar-se junto à rede onde jaz prostrado um mulato escuro, muito antigo, que logo reconhece como o faraó egípcio Amenemat III.

— Você que quer se fazer adorar como um rei divino, ouça o que eu vou lhe dizer — o soberano egípcio fala sem abrir a boca. — E isso, para que você possa reinar sobre a terra e governar sobre as margens dos rios; para que possa fazer mais coisas boas do que esperam de você.

Sob o impacto dessa presença espectral, Faustino vai aos poucos recobrando as forças e a atenção. E o faraó prossegue:

— Esteja sempre atento em relação aos seus subordinados. Não se aproxime muito deles, mas também não se deixe ficar sozinho. Não acredite em nenhum irmão, não conheça nenhum amigo, não tenha intimidade com ninguém, pois isso não leva a nada.

O monarca oiobomense nunca viu tanto ceticismo. Mas continua atento à fala de seu colega maior e mais antigo.

— Se você dormir, esteja seguro de que guarda seu próprio coração. Porque, na hora da adversidade, nenhum homem tem parentes nem aderentes. Eu dei aos pobres e alimentei os órfãos e não recebi nada em troca, nem mesmo a mais simples atenção.

Faustino começa a ter pena do grande homem inteligente e habilidoso que, assim como o pai, tanto fez para o bem de seu povo.

— Houve um — prossegue o triste mulato soberano, a boca sempre cerrada — a quem eu dei minha mão e que teve medo diante da minha bondade. Aqueles que vestiam meus finos linhos me olhavam como uma sombra. E os outros, a quem borrifei com meu perfume, em casa lavaram-se com água...

Sentindo o corpo leve e bem-disposto, mas sem mover-se da rede, Faustino III passa rápido em revista, em pensamento —

a voz do faraó ao fundo, como se viesse de um sarcófago — o que sabe daquele ilustre soberano. Lembra que este Amenemat que tem ali ao seu lado sucedeu o pai num país então no auge de sua prosperidade, calmo e pacificado, tendo se destacado muito mais por suas obras monumentais do que por qualquer tipo de ação bélica. Mas recorda-se também que o término de seu reinado e de sua dinastia foi brusco, não ficando nenhum registro desse fim. Então, começa a entender a mensagem.

Aquela imagem sem rosto que ele vê ali é a sua própria imagem, quando de sua primeira encarnação terrena. E ela está ali para adverti-lo de que seu fim está próximo. Que de nada adianta domar leões e caçar crocodilos se não se tem a certeza da lealdade dos mais próximos e íntimos. Ninguém deve esperar a vitória garantindo-se na amizade. As pessoas temem a adversidade e sempre se afastam daqueles que estão sofrendo privações.

Desde essa visão, o frágil Faustino III torna-se também cético e desconfiado. Mas não o bastante para prevenir-se e evitar a traição daquele que considera seu melhor discípulo e amigo. E, assim, é morto, em pleno sono, hábil e facilmente sufocado pelas mãos enormes do general Benedito Mundurucu.

De início, as suspeitas recaem sobre o filho desgarrado, que nunca mais foi encontrado ou visto. Depois, a culpa pesa sobre o genro, o fulâni Mamadu, sumariamente enforcado, já que, até prova em contrário, mesmo num país onde o vitalismo se transculturava também com o Islã, todo mouro ou sarraceno era um assassino em potencial. Tempos mais tarde, entretanto, o grande e lamentável "erro judiciário" veio à luz.

A morte do rei ocorrera, segundo um documento oficial, por autossufocação, caracterizada pelo que muitos anos depois a Medicina batizaria com o elegante nome de "Síndrome da Apneia Obstrutiva do Sono".

— Ele roncava demais... — choraminga a rainha, diante do cadáver. — Parecia uma onça dessas aí da floresta...

Se ainda pudesse mandar, Faustino III teria o coração arrancado e pesado, o corpo tratado e perfumado com as mais finas essências, envolto em tiras de linho e umidificado. Aí, seria posto em um rico sarcófago e encerrado dentro de sua pirâmide (que nem chegara a construir) para, assim, iniciar a grande viagem. Mas não é isso o que ocorre.

Anunciada oficialmente a morte do soberano e antes que se iniciem as cerimônias funerárias, o corpo de Faustino III é lavado, vestido com roupas novas, envolto em esteiras e colocado, no pátio do palácio, em um esquife provisório. E tão logo ele é posto a repousar, começam a chegar as oferendas de aves, ovos, inhame e água.

A cabeça de Sua Majestade já foi devidamente raspada e pintada com listras vermelhas, pretas e brancas. O que também ocorre com o oficiante da cerimônia, todo de branco, e os assistentes.

Horas depois, Faustino é enterrado, em sua câmara real, sob o seu próprio leito. E ali ele jaz, para a eternidade, de cabeça para baixo — porque o mundo dos mortos é exatamente o inverso do mundo dos vivos. Mas sua cova só será tampada depois de cinco dias de celebrações, com música, dança, comidas, bebidas e sacrifícios rituais.

Conduzidas por Tô Atagan, as cerimônias, vibrantes, se revestem do maior brilho. O falecido, então, está pacificado, satisfeito e pronto para a grande viagem. E, nas despedidas, contrariando a alegria reinante, o único choroso, comovido e emocionado é, justamente, Benedito Mundurucu.

Apesar da aparência assustadora, causada pelos rostos quase totalmente tatuados em tinta azul-escura e dos batoques de madeira nas orelhas, os mundurucus constituem uma das nações indígenas mais civilizadas, inteligentes e dóceis da Amazônia. Moram em casas sólidas e espaçosas, inteiramente feitas de troncos de madeira ligados por compridas e elásticas tiras de cipó. Mas sabe-se que assim as constroem por mero respeito à tradição, pois já conhecem os benefícios e vantagens do prego e do martelo.

Mas são orgulhosos os mundurucus! E se acham os melhores entre os melhores.

— O primeiro homem que nasceu no mundo — quem conta é Benedito Mundurucu, num sarau palaciano — foi um mundurucu e se chamava Sacaibu. Ele era, ao mesmo tempo, homem e Deus. E dividia seu poder com o filho e seu primeiro-ministro chamado Rairu, que era inferior, porque não era um mundurucu.

O guerreiro faz uma pausa e continua.

— Sacaibu não gostava de Rairu. E um dia resolveu se desfazer dele. Aí, pegou barro, moldou um tatu e enterrou quase todo na areia, só deixando o rabo de fora. Então, passou bastante goma de seringa no rabo do tatu e chamou Rairu, mandando-o pegar o tatu pra ele. Quando Rairu foi puxar o tatu pelo rabo ficou grudado. Então, Sacaibu, que era Deus, soprou, deu vida ao tatu, e o bicho, muito forte, foi se enfiando na terra e levando Rairu com ele, agarrado no rabo.

Mundurucu ri seu riso orgulhoso e prossegue.

— Mas Rairu era feiticeiro e aí conseguiu voltar do fundo da terra. Então, voltou contando que lá era muito bom, que tinha muita gente, sugerindo a Sacaibu tirar esse povo de lá e trazer pra cima, para eles trabalharem pros mundurucus. Sacaibu gostou da ideia e aí plantou uma semente de onde nasceu uma planta, que era um pé de algodão, o primeiro que nasceu. Do algodão, Sacaibu fez uma linha grossa e comprida, amarrou Rairu nela e mandou-o descer pelo mesmo buraco que subiu, pra trazer os trabalhadores.

Mundurucu dá uma cachimbada, tem vontade de cuspir para o lado mas não o faz, pois é um índio educado. E retoma a narrativa:

— Primeiro foi saindo um montão de gente feia. Depois é que foi melhorando. Até que começou a chegar gente muito bonita e forte, mulheres e homens. Aí, Sacaibu foi dividindo os grupos: os mais fortes, os mais ou menos, os mais altos, os mais bonitos, os homens, as mulheres... até que só ficaram os mais feios e mais fracos, mulheres e homens. Nesses, Sacaibu riscou uma linha vermelha no nariz e transformou eles em aves, porque eles eram tão feios e fracos que não tinham direito de ser gente. E foi assim que nasceram os mutuns de bico vermelho, que voam pela floresta chorando, em vez de cantar... — finaliza, altivo e sugestivo, o novo governante de Oiobomé.

Bisneto de uma das dezenas de filhos ilegítimos, mas reconhecidos, do saudoso presidente Dos Santos, Benedito Mundurucu — como muitos anos mais tarde vão dizer os livros de História — é antes de tudo um herói, um guerreiro. Assim, depois de restaurar a República e convocar uma Assembleia Constituinte, ele trava a Grande Guerra com o Brasil.

Mundurucu sabe que esse é o momento-chave para a vitória final. O inimigo vive um período turbulento e difícil, devido à abdicação e a consequente partida de dom Pedro I de volta à terra de origem. De sul a norte, o Brasil ferve em revoltas nativistas. E, no extremo setentrional, o gigantesco império começa a se dar conta de que a perda da grande ilha de Marajó, começada no que parecia um tolo e inconsequente levante de pretos e bugres, pode ser o estopim de perdas maiores, sempre motivadas pela infame revolta dos negros feiticeiros de São Domingos. Então, mais tropas seguem por mar, em direção ao norte, em reforço ao contingente já fundeado próximo a Marajó.

A grande ilha agora chamada pelos conquistadores de Oiobomé é, na verdade, um arquipélago, pois os rios e estreitos que coleiam por seus mais de cinquenta mil quilômetros quadrados de superfície formam cinco grandes áreas distintas de território, além de uma dezena de outras ilhas e ilhotas, principalmente na foz onde o grande rio Amazonas encontra o mar.

Cercada, então, dos lados, pelas águas doces dos rios outrora chamados Amazonas e Tocantins, e abrindo-se para a imensidão salgada do mar Grande, a Oiobomé dos negros e índios, que os brasileiros ainda consideram a sua Marajó, tanto pela localização quanto por sua condição de maior arquipélago fluvial do mundo, sem falar nas riquezas de seu solo e suas águas, não é algo que se possa perder sem lamentar. Então, os brasileiros partem.

Partem esses expedicionários brasileiros sem saber, como os oiobomenses já sabem muito bem, que aqui chove durante todo o ano, ficando boa parte das ilhas alagada em função do grande volume das chuvas. Que só diminuem um pouco sua intensidade nos meses de janeiro e junho, tanto nas planícies do leste quanto nas densas florestas da parte ocidental.

Não sabem também os brasileiros que, desde que Dos Santos, o fundador da República, fez suas primeiras alianças com os maopitiãs, paracanãs, gaviões, diores, amanajés, assurinis e todos os outros grupos indígenas do arquipélago, Oiobomé é quase inexpugnável. Aqui, o que não é naturalmente intransponível pela força natural das florestas e dos rios, o é pelas paliçadas e fortificações que tornam Ganamali, Oioçongai, Tombungola, Banzagudá e Popolomé cidades teoricamente imunes a invasões estrangeiras. Da antiga Bailique ao Tocantins; da baía de Marajó à ex-ilha Grande de Gurupá, hoje Ganamali; das fronteiras com o Grão-Pará ao canal do Sul — o Império brasileiro não sabe —, o que há, além do armamento e da munição enviados da França, através de Caiena e de Trinidad, por traficantes ingleses: o que há são forças da terra, do mar e dos céus guardando Oiobomé para um glorioso futuro de paz, saúde, estabilidade e desenvolvimento.

Tomar, então, o arquipélago altamente fortificado do presidente Mundurucu não é fácil, como pensam os regentes do Brasil. Que inclusive, neste momento grave, se veem às voltas com outras situações igualmente difíceis. E também porque Mundurucu acaba de entregar o comando em chefe do Exército ao seu nada diplomático filho Benjamim, conhecido ironicamente pelo apelido de "Benzinho".

O novo general é um mulato escuro com menos de trinta anos, fartos bigodes e aspecto enganosamente simpático, apesar do abdome grande e redondo como um tambor de ngumba, a música das ruas de Oiobomé. Daí o populacho, com a irreverência própria de seu temperamento, logo o ter rebatizado como o "Ngumba".

Mas Benzinho Ngumba é um militar à moda africana. E, além de orgulhoso das origens indígenas de sua ancestralidade materna, é um profundo conhecedor das artes e técnicas de seus antecessores e contemporâneos no continente africano. Sabe de Sundiata, Suni Ali e Idriss Aluma. Tem ouvido falar de Chaka, Horombo, Abdel Kader, Ibrahima Sori, Kumvimbu Ngombe... Por isso, paramenta-se como um senhor da guerra, lança, escudo, a pele de onça sobre os ombros... mas sem esquecer o moderno rifle Mauser alemão. E sai de Oioçongai, que os brasileiros chamam de Soure, à frente de sua tropa, indo ao encontro da esquadra inimiga fundeada na baía, que eles ainda chamam de Marajó.

O general Benzinho Ngumba segue para a frente de batalha como um autêntico rei bantu. À sua vanguarda vão os bacamarteiros precedidos pelos estandartes coloridos com os emblemas das várias guarnições; e à frente de todo o cortejo, o batalhão de lanceiros. Atrás do enorme guarda-sol sobre o qual caminha, empertigado, o general, vêm os músicos. E com esses músicos uma batucada infernal, na qual se distingue claramente a marcação dos tambus e o repicar dos batacotôs; o chocalhar dos maracás e o estrídulo dos canzás; o gonguejar dos gungas e agogôs; o farfalhar das caixas surdas e dos taróis; o retumbar das caixas de guerra. Batucada fantástica! Ritmo contagiante! É a mocidade de Oiobomé lutando para ser sempre independente...

E, nesse mesmo momento, no extremo sul do Brasil, revolucionários entram em Porto Alegre e destituem o presidente da província. Com apoio de boa parte do povo da cidade, reagem às forças governistas e, embora Porto Alegre seja logo retomada pelas tropas imperiais, os rebeldes ampliam o controle sobre as áreas ao longo da lagoa dos Patos e na campanha Gaúcha. Eles também querem proclamar uma república varonil, independente do Brasil. Mas sem libertar seus soldados negros, que acabam traídos na localidade de Porongos e entregues ao Império, sendo de novo escravizados no Arsenal de Guerra e na Fazenda de Santa Cruz, no Rio de Janeiro.

A VITÓRIA É CERTA

No norte, o primeiro confronto entre as tropas de Oiobomé e a armada brasileira não tem vencedor. O almirante Peter Fresh, comandante dos ingleses — que por trás da capa de abolicionista e defensor dos africanos devota um desprezo mortal aos "selvagens de todos os quadrantes", como confidenciara bêbado, certa noite, a um grumete perturbadoramente belo de sua tripulação —, trancara-se em seu camarote, redigindo um longo documento, cujo texto, hipócrita e ambíguo, reconhecia aos brasileiros direitos exclusivos sobre os portos da costa atlântica, bem como sobre as embocaduras do Tocantins e do Amazonas, contra irrisórios vinte mil réis anuais pagos a Oiobomé a título de foro e laudêmio.

Apesar da fama de truculento e pouco diplomático, Benzinho é sábio em suas decisões, toma iniciativas sempre muito bem ponderadas; e acha que, ao contrário da experiência adquirida e da prática cotidiana, o saber escrito não traz conhecimento. Por isso, jamais quis aprender a ler. Assim, ao receber o longo texto de Fresh, sabe que é ele o autor e adivinha o conteúdo do que o inglês escreveu.

— Eles gostam de tratados, acordos, alianças, emissários — Benzinho fala rasgando o documento em pequenos pedaços, calmamente. — Eu gosto é de ver o medo acinzentar aqueles olhos azuis, na hora da morte.

Rasgado o documento, de pé na proa de sua canoa, Benzinho, fazendo sua voz portentosa ecoar com a ajuda das mãos em concha, grita para a corveta do comandante inglês:

— Eu quero que você me responda, inglês, se eu ou meus mais velhos alguma vez tomamos da Inglaterra algum pedaço de território! Seria melhor se a Inglaterra cuidasse das suas fábricas, dos seus negócios, de suas máquinas, do seu povo, inglês! Que desse melhores condições aos seus trabalhadores, e deixasse o resto do mundo em paz! Assim, o Brasil um dia acaba se envergonhando de ser escravo da Inglaterra!

O som da voz de Benzinho se propaga naturalmente através das águas do rio e do ar úmido da floresta. Mas Fresh nem sequer olha pelo portaló.

— Se você quer guerra, inglês, vamos ter guerra! — o guerreiro continua provocando. — Eu não vou parar nem que isso dure uns cem anos e vocês matem uns vinte mil dos meus guerreiros. Ou nós matemos vocês todos...

Mas Peter Fresh parece não ser mesmo de briga. Ou tem suas armas secretas.

Assim como o extremo sul do Brasil anda tenso, ali mesmo, do outro lado do rio outrora chamado Tocantins, as coisas também não estão boas para o Império brasileiro. Os moradores das margens dos rios, índios, pretos e mestiços, insuflados já por políticos e encorajados pelo exemplo de Oiobomé, reagem com extrema violência às arbitrariedades do governo e dos "coronéis de barranco", os latifundiários da região, tendo já trucidado o presidente e o comandante de armas do Grão-Pará. Os líderes dos revoltosos são um fazendeiro chamado Malcher mais um certo Vinagre e um tal de Angelim. Com as guerras da Independência, o fazendeiro e seus seguidores participaram das lutas autonomistas. Mas a abdicação de dom Pedro I os frustrara e eles resolveram se libertar também do Império brasileiro, mas, colocando-se, é claro, contra Oiobomé, uma "aventura inconsequente de negros e índios" e não uma República como seria a deles, depois da independência do Grão-Pará.

Mas eis que um outro navio brasileiro chega à região. E traz mercenários ingleses, comandados por um certo almirante Taylor, que expulsam Malcher e seus insurretos e, ato contínuo, juntam-se a Fresh na luta contra Oiobomé. Mais tarde, no outrora Amazonas, um brigadeiro com nome de mulher e um marechal vencem o último chefe rebelde, Gonçalo Jorge.

Com a derrota de Malcher, os escravos negros, índios e mestiços que lutavam, obrigados, em suas hostes, atravessam o Tocantins e engrossam os exércitos de Oiobomé. O mesmo ocorrendo, depois, com os liderados por Gonçalo Jorge, que vêm do Amazonas. Entre eles, está o cacique dos macuxis, Botominare.

Ao entrar em território oiobomense, de pé em sua canoa, o cacique usa um quepe de oficial da Marinha brasileira, uma jaqueta curta de marujo... e mais nada. Na impropriedade do escalpo, já que ele e os seus tinham abandonado, havia já algum tempo, esse tipo de tradição, bem como o canibalismo, Botominare traz, solenemente, como atestado de sua conversão e como presente ao líder oiobomense, aquele butim de guerra: o quepe e a jaqueta. Mas o fato de estar nu da cintura para baixo e apresentando expressiva manifestação erétil, resultado certamente do estado de excitação emocional que tanto o amor quanto a guerra propiciam, quebra totalmente a marcialidade do momento.

— Mas... o que que é isso, meu cacique? — pergunta Benzinho às gargalhadas.

O chefe dos macuxis não se dá conta da situação e, sempre sério e decidido, responde:

— Botominare quer selar aliança com seu povo. Por isso trouxe presente.

— Mas não precisava tanto, cacique! Oiobomé não merece honra tão grande! — O líder oiobomense e seus soldados continuam rindo muito, enquanto Botominare, já encabulado e amenizado o priapismo, tira a jaqueta e o quepe, oferecendo-os solenemente a Benzinho Ngumba como prova de sua adesão e sua lealdade.

Fundeados agora na entrada do canal ainda chamado Perigoso, entre as ilhas outrora denominadas Mexiana e Caviana, a tripulação dos dois navios anglo-brasileiros espera, inquieta, há três noites e três dias. Mas, apesar da inquietude da espera, patriotas e mercenários têm certeza de que a vitória nesta guerra é óbvia.

— O máximo que pode acontecer é dois ou três de nós sermos atingidos por meia dúzia de zarabatanas — diz um da esquadra.

— Eles podem ser hábeis também no arco e flecha — diz outro mais cauteloso.

O que eles não sabem, entretanto, é que os franceses fornecem boas armas a Oiobomé. E porque o comércio da guerra quase nunca obedece às normas éticas das transações convencionais, elas vêm (sob a forma de fuzis Remington de repetição e até mesmo canhões Krupp) dos mesmos armazéns da Wolber & Brohm Company de onde saem as modernas armas inglesas usadas pelas forças brasileiras.

E são essas armas que de repente espocam sem parar, incendiando a noite com seus clarões, quebrando o silêncio da floresta adormecida e provocando nas águas que se encontram, aturdidas, a pororoca dantesca e extemporânea.

Ante a surpresa do ataque, os dois navios brasileiros manobram em retirada, tomando o rumo do Amapá. E, assim, um, dois anos vão se passando, com o presidente Mundurucu em Ganamali tocando a rotina administrativa e seus chefes militares, os generais Sudário Roxo, Benny Aimoré e Maurício Tapajós, liderados por seu filho Benzinho, desnorteando os brasileiros com as técnicas guerrilheiras herdadas de jagas caçanjes, prestimosamente auxiliados pelos primeiros donos e conhecedores dos meandros dos rios e das florestas.

Enquanto em Oiobomé ocorrem esses sucessos, no Maranhão, os presos da cadeia da vila da Manga do Iguará estão amotinados. É que o vaqueiro Raimundo Jutahy, ex-escravo e agora capanga de um político, invade a prisão para libertar o irmão, preso pelo governante adversário. Rapidamente, vem juntar-se aos amotinados o cesteiro conhecido como Balaio, também revoltado porque teve a filha estuprada por um capitão de polícia. E logo, logo a revolta está nas ruas, ganhando também a adesão de mais de três mil quilombolas, liderados pelo preto Cosme Bento, e chegando à segunda maior e mais importante cidade da província. E chega de forma tão radical, capitalizando tudo quanto é motivo de descontentamento, que os regentes brasileiros não têm outra alternativa senão nomear para presidente e chefe da província do Maranhão seu militar mais destacado, o filho do ex-regente Lima e Silva.

Depois de dois anos de luta, na qual muitos revoltosos, principalmente os quilombolas do preto Cosme (que é executado na forca), antevendo a derrota, vão buscar abrigo e melhores condições de vida na cada vez mais atraente Oiobomé, o general Lima e Silva ganha a guerra.

Exaurido, entretanto, pela série de focos de revolta que espocam por todo o seu território, o Império brasileiro já tem quase a antiga Marajó como perdida. Entretanto, os britânicos, cujas ambições coloniais não têm limites, continuam lá, com suas tropas reforçadas. Reforço esse que Oiobomé também ganha, além de recursos táticos, com a adesão de cada vez mais negros e índios sequiosos de liberdade, igualdade, fraternidade, boas oportunidades e conforto.

Nomes como Winchester, Lebels, metralhadoras Opale's Hotchkiss, *repeaters* etc. já são, agora, familiares aos oiobomenses. Que, surpresa após surpresa, depois de liquidarem milhares de mercenários ingleses e alguns brasileiros, deixam para o último ato desta guerra que dura mais de dez anos a maior delas: um regimento integrado só por mulheres, na melhor tradição da antiga Amazônia.

O corpo formado pelas mulheres guerreiras era, na verdade, uma tradição africana que o presidente Dos Santos havia implantado em Oiobomé. A tradição vinha do Reino do Daomé, onde as mulheres-soldado já eram conhecidas desde o século anterior. De início, elas serviam como um corpo de segurança do harém real e como uma guarda pessoal do rei. Mas foram tão bem treinadas que logo, logo estavam participando das muitas guerras em que esse reino da costa dos Escravos ainda vem se envolvendo.

O Batalhão das Amazonas é o mais bravo e feroz do exército daomeano, com suas componentes sendo elogiadas pela perícia no tiro ao alvo e temidas por sua crueldade ao torturar, mutilar e matar o infeliz que, porventura, tiver a desventura de cair em suas mãos.

No Daomé, as famílias se orgulham em ter filhas integrando esse batalhão. De modo que, a cada três anos, elas são levadas ao recrutamento, sendo submetidas a um rigorosíssimo exame antes de serem admitidas. Quando, além de valentes, as moças são bonitas e bem-feitas de corpo, elas são destacadas para o harém. As apenas valentes, menos dotadas fisicamente, vão constituir a tropa de choque. E para tanto recebem treinamento ainda mais rigoroso e completo.

Numa sociedade em que as mulheres não têm quase nenhum valor, é claro que todas elas querem ser guerreiras, embora tenham que fazer juramento de celibato. Mas há sempre a chance, principalmente para as mais bonitas, de, por exemplo, serem dadas em casamento a um nobre importante, como recompensa por um ato excepcional de bravura.

Inspirado nesse exemplo, que lhe fora minuciosamente contado, na infância, por seu pai, foi que o presidente Dos Santos, um belo dia, teve a ideia de criar o Batalhão das Amazonas de Oiobomé. E a ideia lhe veio quando, recém-chegado, numa noite de lua cheia, à volta de uma fogueira numa clareira da floresta, o pajé Camará-Cacu, sem parar de puxar o fumo inebriante de seu longo cachimbo, contou-lhe a seguinte história:

— Um dia, o pai do pai do pai do meu avô ia caminhando por uma trilha na mata, ele e seus companheiros, procurando um lugar pra acender um fogo e fazer o seu moquém. Andaram que andaram, caminharam que caminharam, até que numa ponta do rio eles olharam assim do alto de um barranco e viram uma aldeia.

— Uma aldeia estranha? — perguntou Dos Santos.

— Uma aldeia estranha e de índio brabo, comedor de gente — respondeu o pajé, continuando a narrativa. — E o pai do pai do pai do meu avô viu que eles comiam gente, porque ele e seus companheiros chegaram exatamente na hora do almoço: estava lá aquele boião grande, de barro, fumegando, soltando aquele cheiro de carne de branco, que é assim meio adocicada, sabe como é?

— Ué! Dizem que carne de preto é que é adocicada — Dos Santos interrompe, com muito justa curiosidade.

— Não é, não senhor! — nega peremptoriamente o velhinho, falando do alto de sua profunda experiência. — Carne de preto é mais, assim, como se diz, mais temperada. É bem mais dura, mas é mais gostosa. Pena que hoje eu já não tenho dente pra essas coisas!

Dos Santos sente um friozinho na espinha. Mas o pajé é seu amigo. E se perdeu na digressão:

— Onde é que estava, mesmo, hein?

— O senhor já não tem dente pra essas coisas. — O herói bota a conversa nos eixos.

— Ah! Isso mesmo! De forma que eles estavam lá comendo, quando de repente um deles viu o pai do pai do pai do meu avô com o povo dele e começou a gritar e apontar. E aí foi que o pai do pai do pai do meu avô viu que eles tinham cabelos compridões, assim, mas não eram índios, não, eram índias!

— Mulheres? — surpreende-se o fundador de Oiobomé.

— Mulheres e das boas — responde o pajé, sapequinha; ao que Dos Santos chama sua atenção:

— O senhor já não tem dente pra essas coisas!

A história narrada pelo pajé Camará-Cacu era antiga. Vinha do tempo do espanhol Orellana e falava de índias muito altas e claras, de cabelos muito compridos, que o usavam em tranças enroladas na cabeça. Índias musculosas, que andavam nuinhas, nuinhas, apenas com um negocinho lá cobrindo as vergonhazinhas delas, que eram "altas e saradinhas" como o escriba português registrou. Mas o que tinham de bonitas tinham de brigonas, essas índias. Cada uma lutava como dez homens.

— Elas não tinham marido — continuou o pajé. — E aí, quando sentiam vontade de homem, elas invadiam uma aldeia, pegavam eles e levavam lá pra elas. Passado o tempo elas mandavam eles pra aldeia deles. E, se pegavam filho, quando o piá nascia, se fosse homem, elas matavam e mandavam entregar o corpo pro pai.

Dos Santos já conhecia mais ou menos essa história. E sabia o quanto ela tinha de invencionice. Coisa de padre, de um tal Gaspar de Carvajal! Que chegou ao ponto de dizer que elas só tinham um seio e guerreavam a cavalo. Como? Cavalo no meio da selva?!

— Esses espanhóis!...

Dos Santos concluiu sua reflexão com um muxoxo. Bem africano.

De qualquer modo, a história do velhinho Camará-Cacu inspirou o presidente dos Santos na criação do Batalhão das Amazonas de Oiobomé. O qual, juntamente com a Guarda Real, conferia ao Exército oiobomense um efetivo de cerca de 4.500 homens e mulheres.

Mas aquele era apenas o exército efetivamente mobilizado, pois Oiobomé dispunha de reservistas que, se convocados, poderiam formar um corpo de quase dez mil soldados. E os brasileiros não tinham disso a mínima ideia.

Boa parte do exército oiobomense veio do Caribe. E veio da ilha de São Vicente, onde a mistura de escravos fugidos com indígenas locais deu origem a um povo de características muito peculiares, que os europeus resolveram chamar de "caribes negros". Há alguns anos, guerreiros desse povo, revoltados contra o governo britânico e não resistindo ao poderio bélico dos opressores, foram expulsos de seu território. Morto seu chefe supremo, Chatoyé, muitos deles buscaram abrigo na ilha de Roatán, na capitania-geral da Guatemala, onde a varíola os dizimou. Os mais destemidos, homens e mulheres, tomaram o rumo sudeste e, depois de passarem pela ilha de Trinidad e pelas Guianas, chegaram a Oiobomé.

No novo habitat, esses "caribes negros" — que se autodenominam *garífuna* —, sendo meio ameríndios e meio africanos, sentiram-se em seu próprio ambiente. E por sua vocação eminentemente guerreira, passaram a constituir um dos grupos mais belicosos do exército nacional, tendo muitas de suas filhas solteiras engajadas com destaque no Batalhão das Amazonas.

A preferência por mulheres *garífunas* nesse admirado batalhão ocorreu principalmente pelo fato de essas jovens serem especialmente íntegras. E, além dessa integridade, pesa a favor delas o fato de não terem laços parentais com nenhum dos fundadores da nação oiobomense, não constituindo, portanto, nenhuma potencial ameaça de ordem política. Essa foi a estratégia de Dos Santos:

— Num país onde as mulheres têm os mesmos direitos que os homens, um batalhão de elite, como é o das Amazonas, tem uma importância política muito forte. E, se a essa proeminência se adicionar alguma ambição de fundo hereditário, podemos estar criando cobras venenosas para nos morder.

Assim manifestou-se o fundador certa vez a um de seus ministros.

Mas voltemos ao país ao sul de Oiobomé, ainda enredado nos problemas que a abdicação de seu imperador vem ocasionando.

Em São Salvador da Bahia, no dia de Nossa Senhora da Guia, um grupo de negros tidos como muçulmanos se insurge contra a escravidão, num levante abortado. Delatada a trama insurrecional, eles saem às ruas enfrentando forte repressão policial e muitos são mortos, feridos ou presos. Os que conseguem escapar à morte ou à prisão fogem para as matas do litoral. E de lá, depois de um acerto com marítimos da capital, embarcam num patacho e vêm viver a liberdade de Oiobomé, onde engrossam o grupo religioso dos muçurumins, fundado por Mamadu, no reinado de Faustino III. Mesclando práticas de sua crença maometana com outras da tradição africana, esses muçurumins, entretanto, vivem dentro dos preceitos do vitalismo consolidado no Estado oiobomense.

Aliás, esse vitalismo estua na mente e no corpo das guerreiras chefiadas por Lessi Chatoyé na guerra contra os brasileiros. E é assim que vamos vê-las diante da esquadra verde-amarela do Gigante da América Latina.

Quando a notícia da presença dos brasileiros na foz do antigo rio Tocantins chega ao palácio presidencial, o presidente Mundurucu — até então quase alheio à guerra, cuidando da economia, da administração, das relações externas, do progresso de seu país, enfim — decide oportunamente ir até o teatro das operações. E, dias depois, quando lá chega, estreando um elegantíssimo uniforme de marechal de campo, ele avalia, a distância, o poder de fogo do inimigo. Do alto de seu posto de observação, que é um rancho de taioba, erguido a uns três metros de altura sobre seis grossos moirões de jucá (num dos quais, feito em mastro, tremula o pavilhão tricolor de Oiobomé), ele passa em revista suas tropas, nas quais se destaca o Batalhão das Amazonas, ululando fina e ensurdecedoramente, vibrando as línguas no céu da boca, dentro do melhor estilo africano feminino.

O Exército brasileiro é desorganizado e precário. O país, como se sabe, está às voltas com sérias turbulências internas, que o estão deixando confuso e empobrecido. Seu armamento ainda inclui espingardas e carabinas de pederneira, de recarga lenta, curto alcance e nenhuma precisão. Sem falar das clavinas alimentadas pela boca e dos canhões de alma lisa. Enquanto isso, a artilharia de Oiobomé já tem canhões de alma raiada, que ainda nem bem foram inventados; espingardas *a minié* armadas com baionetas triangulares; clavinas Spencer de alimentação pela culatra, tudo tinindo de novo, recém-chegado da Europa.

O treinamento das tropas brasileiras — Mundurucu sabe de tudo — é insuficiente e a disciplina é problemática. Os oficiais não primam pela competência, e até mesmo o fardamento da tropa é improvisado de acordo com gostos pessoais e com as peças disponíveis, nada padronizado, nada uniforme.

— Olha lá, um capitão de bombachas! — o ajudante de ordens chama a atenção do presidente, que se diverte a valer.

— E um alferes de gibão e chapéu de couro! Esse Brasil não toma jeito mesmo!...

Mas, apesar das deficiências, os brasileiros parecem querer fazer bonito no campo de batalha. É assim que, comandados agora pelo almirante Perilúcio Da Mauá, herói de muitas outras jornadas, oito vapores e seis chatas brasileiras, com 1.400 homens e quarenta e sete canhões, sobem o outrora rio Tocantins. E na altura de Oioçongai, da antiga Soure, trava-se então a mãe de todas as batalhas.

Os combates são cruéis, terríveis. Lanças e espadas descem rebrilhando para subirem manchadas pelo sangue inimigo. As descargas de artilharia são frenéticas. Corpos são atirados pelos ares, caindo como que emborcados sobre si mesmos. E, como de hábito, as lendárias e misteriosas Amazonas exibem sua ferocidade.

Parecendo embriagadas pelo vinho amargo da guerra, pelo cheiro narcótico de pólvora e sangue que já toma toda a arena da batalha; ou possuídas, o que é bem mais plausível, por eguns, quiumbas e espíritos malignos que presidem a morte e a destruição, elas pelejam, sem dar trégua ao inimigo, com suas armas, seus escudos e principalmente com seus corpos rígidos e adestrados, a socos, pontapés, tapas, rabos de arraia, unhadas e dentadas. Cabeças são arrancadas a golpe de espada, outras são partidas ao meio, os miolos, como pedaços de toucinho, rolando longe. Soldados brasileiros são atravessados pelas lanças das mulheres de Oiobomé; e, nos paroxismos da morte, em convulsões dantescas, deliram em frases untadas de lubricidade.

— Mata! Mata! Mata mais, mãezinha! — geme um soldado brasileiro, nas vascas da mais terrível agonia.

Em menos de duas horas é ganha a batalha. E a vitória, em que pese a modernidade dos armamentos europeus, deveu-se principalmente à garra e à determinação das valentes "icamiabas" — como são chamadas pelos indígenas mais resistentes à mestiçagem linguística. Graças a elas, o pavilhão tricolor (com o verde representando a natureza; o amarelo em alusão ao ouro do solo; o preto simbolizando a ausência de qualquer distinção entre os oiobomenses) tremula altaneiro sobre o campo de batalha.

— Mas... e Benzinho? Meu filho, onde está? — O presidente só agora dá falta do filho a quem entregou o comando da grande guerra. E é com extremo pesar que toma ciência do triste episódio.

Mal iniciados os combates, Benzinho, com mais três oficiais, subira a bordo do principal vaso brasileiro, entrando em corpo a corpo com o almirante Carneiro Perpétuo e matando-o a golpes de sabre. Feito isso, tomara os cordames para arriar a bandeira brasileira e hastear em seu lugar, no mastro da fragata *Dona Lucinda*, o pavilhão tricolor de Oiobomé. Nesse momento, entretanto, um jovem guarda-marinha brasileiro, num extremo gesto de patriotismo — ou crueldade —, sacara de sua pistola e a descarregara no comandante inimigo, o que fez com que um companheiro seu, tomado também de tresloucado furor patriótico, decepasse a cabeça de Benzinho e a atirasse na água, para deleite das piranhas do rio.

Apesar do triste fim de Benzinho, a vitória na Grande Guerra produz um clima de patriotismo tão intenso que se começa a gastar mais energia em louvar o modo de vida oiobomense do que em criticá-lo, já que todos parecem satisfeitos em voltar à normalidade, esquecer tudo o que estiver errado no país e concentrar-se no gozo das dádivas do sistema existente. E, nesse quadro, a exaltação da "essência da alma afro-indígena" de Oiobomé ganha cada vez mais força:

— Nossa essência afro-indígena — brada o recém-empossado ministro da Cultura, professor Dos Passos, em discurso inflamado na praça principal de Ganamali — é a nossa identidade e a alma da nação que estamos construindo. Ela não pode e não deve ser confundida com racismo. Nossa essência, senhores e senhoras, representa o conjunto de valores do mundo negro e do mundo ameríndio. Ela não expressa valores do passado, e sim valores culturais de hoje, absolutamente contemporâneos. E é esse espírito civilizatório afro-indígena, enraizado em nossa terra e em nossos corações negros e índios, que queremos e devemos mostrar ao mundo. Não para o impor, mas para que o mundo o compreenda e o aceite em seu direito de se manifestar.

Baseado nessa filosofia, dois anos depois, o escritor Xangobunmi dos Santos publica *A alma oiobomense*, livro de grande repercussão, logo transformado em uma espécie de cartão de visitas da nova nação. Com a divulgação dessa obra em nível internacional, Oiobomé passa realmente a existir para o mundo, começando a ser visitada por cientistas de vários pontos do globo.

Entretanto, essa autovalorização, depois retomada pelos governos que se seguem, é vista por alguns, nesse momento, como um "perigoso etnocentrismo".

— Essa visão de mundo em que o indivíduo vê e avalia apenas a partir do grupo a que pertence, isso se chama etnocentrismo, companheiros! — ensina o sociólogo Fulgêncio Karajá, em uma reunião partidária, arrematando: — E o etnocentrismo é um dos componentes do racismo.

É, então, que um grupo de intelectuais liderados por Karajá, "conscientes de que não são somente maioria, mas de que também estão sendo postos a serviço de uma obra totalitária e isolacionista, vêm manifestar seu mais veemente repúdio" — como diz seu manifesto — "ao etnocentrismo vigente", para pôr em prática os conteúdos realmente democráticos da "Essência Afro-indígena", sem discriminações de quaisquer espécies.

Propõem eles, então, em manifesto: a criação e o desenvolvimento de "centros de pesquisa da cultura oiobomense", com foco também nos componentes europeus dessa cultura; a luta pela preservação das tradições advindas de todas as matrizes formadoras da sociedade nacional, inclusive as europeias, "sem as quais não se pode dimensionar a real importância dessa cultura"; o afastamento de elementos que, "em nome de um duvidoso progresso", imobilizam as culturas "de arkhé" para assim transformá-las em "rentáveis peças folclóricas".

Dentro desse saudável clima de debates, apoiado numa Constituição pactuada, resultante de negociações bem-sucedidas entre o Executivo e a representação nacional, o vitorioso Benedito Mundurucu, esquecida a pecha de assassino sanguinário, reconduz Oiobomé ao seu caminho normal, governando por mais doze anos. Em seu governo, Oiobomé experimenta um verdadeiro renascimento cultural, embora baseando-se exatamente naquelas diretrizes vistas como etnocêntricas.

É então que o escritor Jean-Paul Caiapó dos Santos lança as bases da cultura nacional do país, desvinculando-a total e definitivamente dos componentes europeus que ainda carregava.

— Faz-se extremamente necessário e urgente defendermos a dignidade e as características específicas da nossa cultura! — manifesta-se ele em uma de suas inúmeras conferências. — É imperioso salvaguardarmos as tradições consolidadas ao longo desses anos. Nossa cultura não é inglesa, nem francesa, nem portuguesa e muito menos brasileira. Ela é fruto do nascimento de uma nova nação, que amalgamou expressões culturais africanas e ameríndias e agora as oferece, em toda a sua originalidade, para ajudar na construção de um mundo livre, justo e realmente humano.

Quanto à língua nativa, o oiobomês, é aí que se estrutura filologicamente, em definitivo. E publicam-se os primeiros escritos nela elaborados, entre contos folclóricos, romances históricos e poemas de amor. No campo da música e da dança, formam-se os primeiros grupos para criação e difusão do oiobdwon, a música oiobomense em dimensão planetária.

Nesse contexto, trava-se o famoso debate entre o filósofo William Guillaume Macuxi, que propugna por uma educação dos jovens para a liderança política, e o mestre-mecânico Arati Smith Washington, que acha que os jovens devem receber principalmente instrução profissional, para logo ingressarem no mercado de trabalho.

Mas o presidente morre, com todo o seu conselho de ministros e toda a sua família, de forma trágica e inusitada. Durante uma reunião do ministério, um serviçal, de origem barbadiana — como mais tarde se saberia —, provavelmente enlouquecido, tranca todas as portas e janelas do palácio, deixando aberta apenas a saída de emergência. Isso feito, embebe essas janelas e portas em óleo combustível, ateando-lhes fogo em seguida.

Ao perceberem o incêndio, ministros e presidente, além da família, que ocupava a ala residencial da Casa Verde — como o palácio é conhecido —, em pânico, procuram fugir do fogaréu, até que alguém descobre a única porta aberta. Só que o barbadiano está à espreita, armado de um afiado alfanje e vestindo uma fantasia burlesca evocativa da morte, inclusive com a máscara de estilo. E vai degolando, um por um, os filhos, a mulher, os ministros e, finalmente, o presidente.

Embora alguns sacerdotes relacionem o evento com Hevioçô, o vodum do saudoso fundador de Oiobomé, o motivo do crime nunca foi sequer objeto de indício. Mesmo porque o barbadiano, reconhecido como incendiário e chacinador, foi linchado pela multidão que acorrera ao local.

Passada a comoção, a Assembleia Nacional entrega o destino do país a um governo provisório chefiado pelo deputado Elijah Paricotó.

A NOVA RUANDA

Transcorridos, agora, já bem mais de cinquenta anos de sua fundação, Oiobomé, povoada por gente de tantas origens distintas, já começa a falar uma língua própria e peculiar.

No início, essa gente, para poder se entender, foi colocando o português original — que, por sinal, já chegara do Brasil carregado de outras influências — ao seu jeito, impregnando-o das palavras e do modo de falar que trouxeram consigo. Para tanto, construíam frases simples, sem quaisquer tipos de cuidados gramaticais ou de concordâncias de qualquer ordem. Foi assim que o oiobomês nasceu, para depois ser institucionalizado como língua oficial. Seu léxico e suas possibilidades expressivas vão se ampliando a cada dia, o português servindo apenas como arcabouço para os revestimentos e complementos que chegam do iorubá, do quicongo, do fongbé, do fulfuldé, do tupi e também do francês e do inglês antilhanos.

É assim que, por exemplo, em oiobomês, "pai" se diz *babtata*; "mãe", *mamaiá*; "casa", *okailê*; "rio", *iguiodô*; "peixe", *piraejá*; "mar", *igalunga*; "água", *igomin*; "comida salgada", *paparúti*; "comida doce", *curimã*; "branco", *funtinga*; "preto", *duduna*; "vermelho", *puparanga*; "caminho", *jirapé*; "morte", *ikujuká*; "Deus", *Zambidiê* ou *Tupangod*; "homem", *okurimen*; "criança", *monampiá*; "mulher", *femecunhã*; "moça nova", *cunhanguel*; "mulher feia", *baranga, juburunga, jabiraka* etc.

A junção dessas palavras, no contexto de uma frase, dá margem a construções como: *Ai vê kuriá piraejá*, que se traduz como "eu quero comer peixe"; *mai okailê ce grandinene y bunidara*, "minha casa é grande e bonita"; *Zambidiê cé majó ki igalunga, iguiodô, okurimen, okujuká, ki ol xoze*, "Deus é maior que o mar, que os rios, que os homens, que a morte: é maior que todas as coisas".

Hoje, na verdade — e assim o imperador Jorge I pensou, quando consolidou a independência —, o povo de Oiobomé conseguiu libertar-se inteiramente da língua luso-brasileira. Ninguém mais, nem mesmo os muito velhos, sabe ler nem escrever nessa língua. O que para os brasileiros tinha sido no passado a "última flor do Lácio inculta e bela", hoje é apenas reconhecido como um dos falares que contribuíram para a formação da língua franca em que negros e índios, caribenhos ilhéus e continentais lá se comunicam.

Do ponto de vista onomástico e antroponímico, observe-se que o fundador Dos Santos, autêntico e legítimo patriarca dentro do modelo africano, povoara Oiobomé com uma inumerável prole. E, dentro desta, foi tal o emaranhado de casamentos consanguíneos que seu sobrenome luso-brasileiro — como o leitor já deve ter observado — foi, durante umas três gerações, praticamente o único a constar dos livros de Registro Civil em todo o país. E continua sendo.

Mas, independentemente desse quadro, a família oiobomense evoluiu e evolui a partir de três tipos de relacionamentos: o casamento legal ou as uniões informais entre negros e negras; o mesmo entre negros e índias e entre índios e negras, sendo mais constantes os dos primeiro tipo; e também as uniões informais entre homens negros e mulheres brancas, já que aquelas verificadas entre homens brancos e mulheres negras, de acordo com as convenções sociais vigentes e por força do histórico de estupros, reais ou presumidos, ocorridos no ambiente escravista, são constitucionalmente proibidas, por serem consideradas imorais e incivilizadas.

Mas elas, é claro, ocorreram e ainda ocorrem porque, como diz a sabedoria popular universal, "o coração é um jardim onde ninguém passeia"; e, como escreveu o poeta oiobomense Torrozu Ferreira, "quem ama não tem que procurar saber a razão por que ama".

Esse, entretanto, não é o caso, por exemplo, da viúva de Zé Feijão Catupiri, um negro absolutamente desprovido de melanina:

— Filha minha não casa com preto nem com índio. O senhor não vê como elas são claras? Eu tenho barriga limpa, minha senhora!

— "Barriga limpa"? Como?

— Minha mãe aprendeu com uma velha bem antiga, daquelas xamãs que tinha antigamente. Ela me ensinou e eu nunca esqueci.

— Mas ensinou como?

— Eu não posso contar. Só posso dizer que é um chá. Se a mulher está naquele período de pegar filho, de ficar choca, antes de ela ter "coisa" com o homem, ela vai ao rio se lavar com o chá e bebe três goles. Mas tem que ser na lua cheia. E o chá tem que ficar no sereno, pegando a lua, umas três noites.

— Aí, a barriga fica limpa...

— Limpinha, patroa! E a criança nasce clara, bem clarinha. Mas a "coisa" tem que ser no máximo com mulato claro. Se for com homem preto ou com índio não dá certo. Até sarará, de cabelo duro, dá. Mas preto e bugre, não! Não dá mesmo!

Apesar do preconceito, as relações intersexuais de caráter misto são responsáveis pela existência de 159.783 mulatos e mulatas em Oiobomé. Mas essa miscigenação não se pauta pelo velho conceito de mestiçagem que, no Brasil, é exaltado e incentivado para apagar o componente africano e embranquecer o país. Os oiobomenses guardam fortes laços com suas origens africanas e se orgulham da filosofia, da história, da estética e da cultura emanadas da África ancestral. Por isso, seus pensadores e intelectuais rejeitam conceitos e expressões como "mestiçagem", *melting pot*, "miscigenação", "crioulização" etc.

Entretanto, por isso também, e para evitar a jactância e a arrogância de ancestralidades tidas como mais nobres, e já que todos são mesmo, de uma forma ou de outra, descendentes do fundador, no Registro Civil, o sobrenome "Dos Santos", embora não seja obrigatório, está disponível a todos os cidadãos que queiram dá-lo a seus filhos.

Também como consequência da Grande Guerra, como passou à História o conflito com o Império do Brasil, a necessidade de reconstrução, ou melhor, de efetiva e verdadeira construção da nação oiobomense começa a se fazer sentir. Em vários aspectos. E um dos primeiros chamados à solidariedade, ao espírito coletivo e de comunhão dos cidadãos se faz na reunião organizada em Ganamali pelo mestre Dudu dos Santos, chefe do culto aos ilustres ancestrais divinizados.

A sala é exígua e calorenta, os mosquitos vindos da floresta próxima incomodam bastante, mas nada disso é capaz de arrefecer o entusiasmo das propostas e contrapropostas que quase varam a noite.

— Precisamos construir uma sociedade para nós, nossos filhos e os netos de nossos filhos. E, para tanto, é necessário cuidarmos de nossa elevação social e cultural, nosso avanço econômico e nossa estrutura de ajuda mútua.

Quem diz isso é o mestre Dudu que, provocando manifestações de apoio a cada pausa, prossegue:

— Precisamos que as diversas categorias profissionais se unam e criem suas próprias associações, para seu fortalecimento, sua defesa e seu crescimento.

Ainda são muitas as exclamações de apoio. E o mestre continua:

— Quando pertencíamos a Portugal e ao Brasil, nós não tínhamos voz. Nossas organizações tinham que ser secretas, nossos encontros só podiam acontecer na calada da noite e no meio da floresta. Mas hoje, não! Somos negros e índios, mas somos livres. Sem exceção. E nossa liberdade foi o bem maior que, Zambidiê o guarde!, o sempre lembrado presidente Dos Santos nos deixou.

Nesse ponto, entretanto, o mestre Dudu é interrompido não bem por um aparte, mas por uma espécie de adendo que lhe faz uma mulher da plateia. É jovem ainda. Mas demonstra segurança e conta com o apoio de um grupo de senhoras que tem a seu lado.

— As mulheres de Oiobomé também precisam ser ouvidas, mestre Dudu! Nós também temos nossas reivindicações.

É assim que Oiobomé vai vendo surgir suas primeiras fraternidades, suas primeiras entidades de classe, suas primeiras organizações sociais, enfim. Nascem aí a Sociedade de Amizade e Beneficência e Ajuda Social — SABAS, a Associação das Filhas do Daomé, a União dos Trabalhadores na Plantação e Colheita do Café e várias outras.

E, do mesmo modo como são importantes as irmandades e as organizações profissionais e sociais em geral, a unificação das várias correntes religiosas em uma só invocação, embora com ritos diferentes congregando os diversos extratos étnicos, é fundamental para a real consolidação de Oiobomé como nação forte e soberana.

O vitalismo é a religião de Oiobomé. Ele pode expressar-se nos ritos bantu, ewe-iorubano, fante-axante, calabar, edo, muçurumim ou malê, e ameríndio. Os quais, por sua vez, podem comportar subdivisões mais específicas, como é o caso do culto aos Egunguns, ramificação do rito ewe-iorubano, liderado pelo sacerdote mestre Dudu.

— Todos nós, vitalistas, independente do rito que processamos — esta que agora fala, diante da atenta plateia de jovens estudantes, é a mestra Ami Conceição Karajá, sacerdote do rito ameríndio —, cremos numa Divindade Suprema, criadora da Humanidade e de todas as coisas existentes sobre a face da Terra.

A plateia manifesta-se, assentindo com as cabeças e com todo o corpo, concordando com a afirmação principal da oração — "Cremos num Deus Supremo!" —, e assim segue, até o fim da fala da mestra.

— Essa Divindade Suprema, entretanto, por Sua extrema importância, é inacessível a nós, sendo aqui representada pelas divindades secundárias — continua Ami, seguida do coro responsorial: "Ela é inacessível a nós!"

"Cada uma dessas divindades secundárias recebe do Ser Supremo atribuições protetoras especiais, ligadas aos vários aspectos da vida humana. Umas curam doenças, outras protegem as colheitas, outras mais cuidam das crianças, outras ainda protegem cada uma das várias classes de trabalhadores... E, entre elas, ocupam um lugar muito importante os espíritos dos nossos mortos ilustres."

Ami Karajá aguarda a concordância da plateia e prossegue:

— Nossos mortos ilustres são importantes por sua Força Vital, que é o valor supremo da Vida. E essa Força depende de nós, de nossa dedicação a eles. Porque são eles, juntamente com as outras divindades, o nosso meio de comunicação com o Ser Supremo, que é a Força Vital em estado puro, a Força Vital em si mesma.

A mestra prossegue dizendo que possuir a maior Força Vital é para eles, vitalistas, a única forma de felicidade. Que a morte, as doenças, o cansaço, a depressão, o sofrimento enfim, são causados pela diminuição da Força Vital. E que o remédio contra essa perda é manter sempre reforçada essa Energia, a qual emana do Ser Supremo, d'Ele para os primeiros pais e chefes de clãs e famílias, e destes para os que tiveram mortes felizes, por ordem de primogenitura. Esses são os elos da Grande Cadeia Humana que faz o mundo existir.

— O humano, por sua Força Vital, pode aumentar ou diminuir a Força Vital de outro — prossegue Ami Karajá. — Essa força pode influenciar também animais, vegetais ou minerais. E um ser racional pode também influenciar um semelhante atuando sobre uma força inferior. Da mesma forma que o influenciado pode resistir a essa ação buscando o reforço de sua energia em outra fonte de emanação da Força Vital.

Na prática, a maior parte dos oiobomenses sabe do que e por que a mestra está falando: a informação teórica é ao mesmo tempo mãe e filha daquilo que se pratica. E, nessa pragmática, à medida que os oiobomenses vão penetrando o território do país, que as ilhas e ilhotas vão sendo povoadas, as ramas da grande árvore filosófico-religiosa vão se espalhando e até mesmo fundindo, mas conservando sempre sua ligação com a organização mãe que é a Grandinene Okailê, a "Grande Casa", a congregação geral dos vitalistas de Oiobomé, de rito ewe-iorubano e com sede em uma área de cerca de cinco mil metros quadrados da capital do país.

O sacerdote supremo da Grandinene Okailê é o Babanivodum, que exerce seu cargo eletivo, em caráter vitalício, acumulando-o com o de Obagã de Ganamali. Ele é eleito pelo Sagrado Coletivo dos Tatariaxés, que atuam como seus colaboradores e conselheiros imediatos. Abaixo desses dignitários, estão os Obagãs, cada qual respondendo por uma das divisões provinciais da República, nas quais se situam os templos de cada confissão.

Os oiobomenses aprenderam com o sempre lembrado Dos Santos que "sem educação não há salvação". O eterno líder — quando de sua convocação para que quilombolas e índios despojados viessem juntar-se a ele, a partir de Oioçongai, a antiga Soure, conquistada aos "tugas", como eram chamados os luso-brasileiros — assim os instruiu.

Naquele tempo, as noções de escrita e leitura nem sequer eram imaginadas. Mas muitos trouxeram filhos pequenos ou adolescentes, o que fez o governo de Oiobomé logo pensar em escolas, mas sem qualquer inspiração no modelo praticado no Brasil, onde inclusive o sempre lembrado Dos Santos só havia aprendido francês e latim porque o fez com um padre, às escondidas.

— In Brazil, preto non poder estuda. Só pode ter educacion física, moral and religious, no more — comenta o professor Booker Du Bois, negro norte-americano em missão educacional em Ganamali, acrescentando: — Después do independence, they intent organiza um educacion popular but non conseguir por causo di escravidaum. E os analphabet lá, sem conta os preto que son majority of population, saum mais di oitint per cent.

Oiobomé quer se instruir. E é assim que cada núcleo que se forma, além da indispensável comunidade-terreiro, vai ganhando, e às vezes intimamente ligado a ela, sua escola de primeiras letras.

— Quanto mais a gente puder entender o que está escrito nos documentos, nos jornais e nos livros que os tugas fazem no Grão-Pará e no Brasil, mais a gente vai poder resolver nossos problemas — diz, em claro oiobomês (aqui traduzido e adaptado para conforto dos leitores), o grande mestre Felipe Alberto aos estudantes que vieram ouvir Du Bois, entre os quais se mesclam jovens e homens já de uma certa idade. — Aí — conclui ele —, a gente mesmo vai poder criar as oportunidades para o nosso crescimento.

Tem razão o mestre. Assim, consolidada em Oiobomé a educação de base, em Santa Maria de Belém e São Luís do

Maranhão boa parte dos abolicionistas negros, reunidos sob a liderança dos jornalistas Julio Romão e Cinéas dos Santos, arquiteta o plano ambicioso de dotar Oiobomé de sua primeira instituição de ensino superior. A ideia vem também dos Estados Unidos da América, como informa Romão:

— Na Pensilvânia, um reverendo branco fez uma doação de trezentos mil dólares para que os negros criassem uma faculdade. Aí, essa faculdade foi criada, contrataram-se os professores, estabeleceu-se um currículo voltado para a elevação profissional e humanística dos negros e pronto! Está lá a faculdade! Só para pretos e mulatos. E, depois dessa, outras foram fundadas.

— No Maranhão há pelo menos um filantropo propenso a um gesto como esse — incentiva Cinéas dos Santos. — Só que, pelo que eu sei, nos Estados Unidos esse reverendo estabeleceu como condição, para sua doação, que seu nome permanecesse oculto. E aqui... hummm... isso não deve ser bem desse jeito, não — ironiza.

Graças a alguns filantropos, uns menos falastrões que outros, o fato é que, em relativamente pouco tempo, os pretos, mulatos, cafuzos e índios da nação oiobomense ganham uma estrutura educacional funcional e eficiente. E isso, graças não só à ajuda externa como também ao esforço cooperado do povo de Oiobomé que, ele mesmo, constrói prédios e mobiliário das escolas, cuida da limpeza, costura os uniformes dos alunos, fornece e cozinha os alimentos que lhes são servidos nos intervalos das aulas.

Até mesmo os estudantes se ocupam de muitas dessas tarefas. E as escolas mais próximas passaram, já há algum tempo, a fornecer, até mesmo a Santa Maria de Belém, a mão de obra de que a cidade não dispõe para os serviços especializados de que necessita.

É também nesse momento que, por força de um acordo de cooperação assinado com uma organização religiosa estrangeira da qual, por motivos de humildade cristã, nunca se soube o nome, vários filhos de tribos indígenas, como amanajés, assurinis, gorotires, maupitiãs etc., saem do país para completar seus estudos em universidades norte-americanas. Dessa elite, depois retornada, é que sairão os primeiros intelectuais e artistas indígenas ou mestiços a alcançarem proeminência na história de Oiobomé, como o médico Jerônimo Macuxi, o pintor Benedito Aracunã, a soprano Clementina Maués, o engenheiro Teodoro Uapixuna, o jurista Egrégio Sodalício dos Santos, e muitos outros.

Em meio, entretanto, a tamanha efervescência intelectual, a Assembleia Nacional que elegera o obscuro Elijah Paricotó, na ilusão de que ele pudesse ser facilmente manipulado, começa a experimentar seu despotismo e sua violência.

Logo de início, ele tenta sem sucesso invadir o Amapá e depois recebe, de passagem para a Itália, o revolucionário Giuseppe Garibaldi, a quem tenta convencer a se alistar nas fileiras de seu exército. Mas o italiano tem uma tabela — e cobra caro.

Num segundo passo, Paricotó dissolve a Assembleia Nacional e declara-se imperador, sob o nome de Elijah I, fiando-se, ao que se diz, nas dezenas de jamaicanos remanescentes de Morant Bay, refugiados em Oiobomé. Durante seu reinado, promove a importação de búfalos, vindos da África do Sul. E os usa como ostentação, principalmente nas paradas militares quando desfila num luxuoso palanquim armado sobre um desses animais, como os marajás indianos o fazem sobre elefantes.

E isso num momento em que se inaugura a navegação a vapor no rio Amazonas, e em que o látex transformado em bolas de caucho sai do rio para o mercado externo, enchendo inclusive os cofres do imperador que, conluiado com a aristocracia de Belém e Manaus, passa a levar vida nababesca.

Enquanto isso, o país permanece estagnado. Por duas décadas. Mas, às vésperas de completar vinte anos de despotismo, Elijah I é derrotado por forças democráticas que levam ao poder, na condição de presidente da recém-restaurada República, Sebastién Mamadu Jabah. E, com seus seringais encampados pelo novo governo, o tirano retira-se da vida pública e dedica-se a uma plantação de guaraná, a primeira da Amazônia.

— O guaraná — informa o déspota deposto e a agora riquíssimo fazendeiro — é uma planta trepadeira que, em pleno desenvolvimento, atinge cerca de dois metros de altura e dá um fruto semelhante em tamanho ao do café, cada um com duas sementes. Só que, não sei por que, os meus nascem com quatro e, quando eu planto, brotam de um dia para o outro. Então, eu tenho lucrado direitinho...

Do guaraná faz-se um refresco de gosto muito agradável e, segundo Paricotó, com excelentes propriedades tonificantes. Esse refresco é feito a partir do pó das sementes, que se obtêm torrando-as, secando-as e depois triturando-as, com um pouquinho de água, até virar uma pasta que, depois de seca, é ralada, à moda tradicional dos índios, na língua dura e pedregosa do pirarucu.

— Não, não! Eu já não estou nessa do pirarucu há muito tempo — explica, cínico e vaidoso, o "rei do guaraná", como é chamado o ex-imperador. — Eu criei e patenteei uma máquina que, sozinha, descaroça o guaraná, extrai as sementes, torra, tritura, faz em pó, mistura, transforma em xarope e faz o refresco. Com gás e sem gás. E aí vou ganhando o meu dinheirinho. Inclusive já estou mandando pra fora. Pros Estados Unidos, pra Europa... Eles lá fora adoram guaraná. Os daqui é que ainda não conhecem. E aí ficam bebendo vinho...

❧

Agora, terminada, nos campos do Paraguai, a Guerra da Tríplice Aliança e desmobilizado o Exército brasileiro, no qual os soldados negros somavam cerca de oitenta por cento, os "voluntários" sobreviventes vão retornando. Alguns preferem ficar na capital do Império, em busca de trabalho, e outros voltam para suas províncias de origem, principalmente a Bahia. Mas muitos, atraídos pelo que de bom ouvem falar, rumam para o norte, para a "Nova Ruanda", chamada Oiobomé.

Essa população de "veteranos do Paraguai" é aproveitada de acordo com suas habilidades, principalmente na grande obra de reconstrução que o presidente Mamadu Jabah, bisneto do genro fulâni do imperador Jorge I, já iniciou. A Amazônia começa a viver o faustoso Ciclo da Borracha. Mas os oiobomenses pensam além.

Observe o leitor que o ponto de partida do primeiro surto desenvolvimentista que animou Oiobomé foram as vilas surgidas dos assentamentos dos primeiros colonizadores. Foram esses que, com suas modestas choupanas de moradia e as primitivas edificações destinadas aos serviços e aos cultos religiosos, estabeleceram, de forma irregular, o traçado das primeiras ruas e praças.

Nas ilhas, a abundância de madeiras preciosas foi permitindo a formação e o aprimoramento gradativos de carpinteiros e marceneiros que, além de construir os primeiros barcos e navios, foram também os responsáveis pela substituição das coberturas de buriti das casas por vigamento forte o bastante para sustentar telhas de barro cozido. E a preocupação com o meio ambiente foi aos poucos caracterizando o estilo arquitetônico oiobomense, nas casas construídas sobre palafitas, por causa das cheias, dotadas de amplas varandas, além de muitas portas e janelas, para fazer face ao calor amazônico, e de telhados pontudos, para escoar melhor as constantes chuvas. Mas, com Mamadu Jabah, muita coisa ainda está por vir, em termos de infraestrutura, saneamento e conquistas econômicas.

O presidente pretende implantar núcleos populacionais às margens dos principais rios oiobomenses, inclusive encampando os latifúndios remanescentes e dotando esses núcleos de unidades fabris, escolas agrícolas e outras iniciativas progressistas.

— Aos grandes proprietários remanescentes e recalcitrantes, podemos dar a oportunidade de venderem ou alugarem pedaços de terras de vinte hectares aos trabalhadores nativos e aos imigrantes antilhanos, preservando para si os núcleos de suas antigas propriedades, equipando-os com modernas máquinas de beneficiamento — declara Jabah em um de seus pronunciamentos, mostrando uma visão bastante aguçada sobre o problema agrário, na mesma linha de raciocínio do brasileiro André Rebouças, com quem se corresponde.

O engenheiro Rebouças foi um dos artífices da abolição da escravatura, que acaba de ocorrer no Brasil. Mas seus planos de assentamento fundiário dos libertos não foram considerados. Assim, com essa abolição incompleta, muitos dos ex-escravos libertos tomam o rumo de Oiobomé, em busca de melhores condições de vida. Esse é o caso, por exemplo, da crioula Eufrásia Teodora, de apenas dezessete anos de idade.

Conseguindo trabalho como criada doméstica da família de um advogado de Ganamali, Eufrásia manifesta o desejo de alfabetizar-se, no que é incentivada pelos patrões. Conseguindo esse intento e frequentando um educandário noturno, toma gosto pelos livros, traçando a partir daí uma trajetória de vida surpreendente.

Eufrásia vive para os livros, inclusive mantendo-se sempre solteira, longe de qualquer envolvimento amoroso e dos folguedos próprios de sua idade. Mesmo porque as opções de recreação e entretenimento ainda são poucas em Oiobomé.

Nas cidades e nos campos, os prazeres dos oiobomenses vêm das simples visitas interfamiliares, das reuniões de canto e dança onde as bebidas alcoólicas são naturalmente controladas e consumidas com moderação, sendo o jogo expressamente proibido e reprimido.

Nas áreas urbanas, a população conta com as tradicionais sociedades e organizações beneficentes, que, em suas reuniões recreativas, organizam competições de dança, em bailes de fins de semana intensamente concorridos. O mais conhecido desses bailes ocorre aos sábados, na ilhota de Andaraí, ligada ao centro de Ganamali por uma balsa que atravessa o braço de rio em quinze minutos, no Grêmio Recreativo Renacê, onde uma orquestra de percussão, à qual se incorporaram instrumentos europeus, experimenta uma espécie de música, o oiobdwon, em que alguns estudiosos afro-norte-americanos e afro-antilhanos de passagem, como o compositor Gottschalk (que todo mundo pensa que é branco), o pianista Scott Joplin, os violinistas Brindis de Sallas e José White, percebem possibilidades rítmicas, harmônicas e melódicas realmente inovadoras, e que exerce sobre os dançarinos, jovens e velhos, um poder hipnótico, levando-os ao êxtase e quase ao sublime transporte do transe espiritual.

A par disso, a representação teatral em moldes bastante africanos também exerce grande fascínio sobre os oiobomenses, homens e mulheres. E isso motiva a criação do Duduna Theâtre (Teatro Negro), recentemente fundado, e que leva para a arena especialmente criada pelo governo pantomimas, entreatos, *minstrel* shows, operetas, danças acrobáticas etc., tudo ao gosto nacional, em espetáculos que atraem inclusive multidões das ilhas mais distantes. E, por isso, o governo já vem estudando a implantação, em cada núcleo mais populoso, de unidades com salões e salas para conferências, exposições de arte e aulas de música, arena coberta e palco para espetáculos ao ar livre, áreas para piqueniques e espaços para convivência social. Essas unidades deverão receber, cada uma, o nome de *sesk* (*sesk* Ganamali; *sesk* Afuá etc.), palavra provavelmente árabe-africana mas de origem e significado não esclarecidos.

Todo esse pouco é muito. Porque, nos primeiros tempos, como vimos, além de uma ou outra cabana destinada à administração e ao armazenamento de víveres e armas, Oiobomé não tinha nada. Os utensílios e tudo o mais iam sendo feitos pelos pioneiros à medida que as necessidades reclamavam. Ou então eram trazidos de Belém, pagando-se um preço muito, muito alto. Essa coerência, então, foi despertando a criatividade de um aqui, outro acolá. E, aos poucos, foram chegando profissionais mais habilidosos e preparados, nos vários ramos de atividade.

É nesse momento que ocorre um fato decisivo. Um menino de dezesseis anos, que mais tarde se soube chamar-se William, brincando nas terras da casa paterna, nos arredores de Popolomé, encontra, cintilando ao sol, o que de imediato pensa se tratar de um caco de vidro. Aproximando-se e arrancando, com muito esforço, o objeto incrustado numa pedra, ele vê que se trata de uma espécie de cristal e resolve despedaçá-lo, pelo puro prazer infantil da destruição.

Atraído pela cena, seu pai, que o observava a distância, aproxima-se:

— O que é isso, William? O que você está fazendo? — pergunta.

— É uma pedra de vidro, pai. E não quebra.

— Deixe-me ver isso aqui. — O pai toma a pedra para examinar.

— Mas... Isto é um diamante, meu filho! Um diamante!

De fato é. Um diamante pesando bem uns cinco quilates.

Essa descoberta, em si, provoca pouco interesse. Mas, três anos depois, um índio retira, na mesma região, na margem de um rio, um diamante de vinte quilates e meio, conseguindo trocá-lo por quinhentas capivaras, dez búfalos e um cavalo. E o achado dessa nova e mais bela pedra cristalina faz com que o geólogo húngaro Ferenc Gabor, em expedição pela Amazônia, ao vê-la, exclame:

— Esse ser o pedrra sobrre o qual serrá consstruída a futu-ro de Oiobomê!

Essa fala profética ecoa tendo ao fundo, longe, muito lon-ge, um coro de vozes cantando uma espécie de samba, ao rit-mo de palmas e tambores:

"Feijão, feijão, feijão", canta o coro, "Feijão com carne-seca/ Vá pro raio que te parta/ Seu Deodoro da Fonseca..."

É o carnaval do Brasil lá embaixo. Mas Oiobomé quer mais é trabalho.

Agora, então, com os diamantes trazendo em seu rastro outras riquezas minerais, é tal o entusiasmo e a criatividade que chegam e no país se desenvolvem que, passados dez anos da posse de Mamadu Jabah, e mesmo depois dos descalabros do governo anterior, Oiobomé já compete com a Grã-Bretanha e a Alemanha em vários aspectos da economia, o que faz com que seus cidadãos desfrutem do padrão de vida mais alto das Américas Central e do Sul e das Antilhas.

Incomodadas com isso, as duas grandes potências europeias começam a estabelecer condições absurdas para a concretização das relações comerciais, o que faz com que o presidente Jabah vá buscar nos Estados Unidos, que já respondem por um terço da produção industrial do planeta, a tecnologia que lhe possibilite começar a produzir seu próprio ferro e seu próprio aço.

— O sucesso não vem numa bandeja de prata, caro amigo — afirma fria mas judiciosamente o presidente William Howard Taft, que cumpre o finalzinho de seu mandato. — Quando desejamos mesmo realizar alguma coisa, devemos fazê-lo com os próprios esforços, dentro dos nossos propósitos, gostos, energias, de acordo com nossa real ambição. Sim! Ambição! Essa é a palavra-chave. E foi a ambição do sucesso que o trouxe até aqui...

Mamadu Jabah não entende aonde o presidente americano quer chegar. Imagina as exigências que serão colocadas na mesa. Mas acaba se surpreendendo.

— Nós, o povo americano... — Taft se levanta, olhos arregalados e dedo em riste. Jabah se assusta. — Nós, o povo americano — conclui uncle Taft —, sempre vimos a jovem república *coloured* de Oiobomé com extrema simpatia.

O oiobomense ainda sua frio; mas logo se alivia.

150

— E é em nome dessa simpatia e dessa amizade — Taft agora estende os braços, na clássica gesticulação de Cristo — que colocamos à disposição do Excelentíssimo Presidente, sem nenhum ônus para a economia de seu país, todo o nosso conhecimento e nossa tecnologia nesse passo decisivo que os... — aqui ele engasga diante da palavra (em inglês, *oyobomenian*) de pronúncia difícil, mas um assessor lhe vem em socorro:

— Oiobomenses, senhor.

Taft então conserta e finaliza:

— ...nesse passo decisivo que os oiobomenses, pela mão de Vossa Excelência, estão dando neste momento.

Jabah não se contém e, olhos marejados, beija a mão branca, magra e fria do presidente dos Estados Unidos. Taft, embora bastante constrangido com o gesto inusitado e até anti-higiênico do negro sul-americano, sorri para o fotógrafo oficial da Casa Branca, incumbido de documentar a cena, e para os outros que invadem o Salão Oval. Jabah lembra das experiências de Furman, no Pará, com seus retratos de porcelana, e lamenta sua ausência naquele momento histórico. Principalmente porque é aí, a partir de seu gesto, que nasce a expressão "de mão beijada", que foi como Oiobomé ganhou sua primeira usina siderúrgica. Porque os Estados Unidos da América não exigiram nada em troca, nem mesmo, quando assumiu o presidente Wilson, qualquer tipo de aliança ou alinhamento nas trincheiras da primeira das inúmeras guerras, em escala mundial, que os americanos logo iriam travar.

DE JABAH A APURINÃ

Com o tempo, o presidente Jabah torna-se tão popular e tão querido dos oiobomenses que ganha um carinhoso apelido, aceito com prazer. Até mesmo a imprensa só o trata por Da Glória, em alusão ao nome da primeira-dama, com quem forma um par inseparável e cada vez mais amado por seu povo.

É nesse clima que a brasileira Eufrásia Teodora, ex-escrava, que literalmente vive para os livros, agora com vinte e sete anos de idade, doutora-se em Medicina, com uma tese sobre a criminalidade (assassinatos, roubos e prostituição) entre as mulheres negras de Macapá. E, nesse mesmo ano, cumpre obrigações religiosas, celebrando sete anos de iniciação, no Ilê Axé Iyá Ominibu, tradicional comunidade religiosa de que também faz parte a primeira-dama do país, esteio do lar do amado presidente.

Feliz, então, no matrimônio e nos negócios de Estado, Jabah, o "Da Glória", tem como prioridade de seu governo solucionar a grave questão da dívida externa do país. Para tanto, vai a Londres, numa viagem digna de um potentado da Idade Média africana.

Sua delegação, de diplomatas a servidores subalternos, soma 1.444 membros, entre homens e mulheres, transportando uma incompreensível bagagem de dezesseis toneladas. Na escala em Lisboa, onde o navio, por razões técnicas, tem que permanecer por quase uma semana, a comitiva, talvez para achincalhar e desestabilizar a ditadura do general Carmona, consome e guarda "pra viagem" tanto bacalhau, chouriço, boinas, xales, grãos--de-bico, guitarras, azeite de oliva, garrafas, garrafões e pipas de vinhos de todas as espécies e safras, mas tanto, tanto, tanto que esgota todos os estoques de produtos essenciais e supérfluos, provocando sérios danos à economia local e realimentando nos portugueses o velho sonho colonial com relação ao paraíso perdido da América do Sul.

Mas enfim a comitiva chega a Londres. E chegando, em meio a um *fog* que agora é ainda mais intenso do que o habitual, para espanto dos dirigentes dos principais bancos credores, que esperavam do presidente de Oiobomé algo como um pedido de renegociação ou moratória, Da Glória, entregando a cada um dos banqueiros um potinho com pó de guaraná, brinda-os, em inglês fluente, com o seguinte discurso:

— Senhores, as riquezas do solo de meu país são maiores do que as de todos os países que a Grã-Bretanha tem sob dependência, inclusive o Brasil, do qual nos libertamos. E minha missão aqui e agora é demonstrar essa riqueza e sanar de uma vez por todas as dívidas que temos com vossas organizações bancárias.

Dito isso, o presidente oiobomense manda os assessores que o acompanham depositarem sobre a comprida mesa da reunião os altos e pesados baús que trouxeram. Ato contínuo, abre sua valise de documentos e, sem dizer palavra, buscando apenas o efeito em seus gestos de prestidigitador, saca os contratos e notas promissórias relativos aos empréstimos conseguidos por seus antecessores, ao mesmo tempo que coloca um charuto na boca. Em seguida, amarfanha cada um dos documentos, fazendo com eles, como se fossem buchas, finos archotes de papel retorcido. Depois, risca um fósforo, incendeia cada um dos archotes de documentos e acende o seu charuto, enquanto, com a agilidade de um mágico, vai tirando, não se sabe de que bolso, acendendo e oferecendo aos banqueiros os aromáticos charos oiobomenses de folha de patu (*Erythroxylon coca Linn*), já famosos na Europa. Completando a performance, ordena a seus assessores:

— Abram os baús!

Ao ruído surdo de algo em grande quantidade sendo despejado sobre a mesa de mogno, sucede, incontinente, uma única exclamação de espanto, em uníssono, saída das bocas dos treze banqueiros ingleses, tendo dois deles se engasgado com a fumaça dos charutos.

— Eis aí o pagamento da dívida de Oiobomé — proclama Da Glória em tom altivo, enquanto um grande tumulto se faz no salão, com cada um dos banqueiros querendo se apropriar da maior quantidade possível de diamantes, esmeraldas, safiras, ametistas, rubis, topázios, berilos, turmalinas, granadas; transparentes, translúcidas, opacas pedras de ágata, ônix, opalas, obsidianas e ouro em barras. Sim! Ouro, símbolo heráldico de amor, benignidade, clemência, esplendor, generosidade, nobreza, poder, pureza, riqueza, soberania e constância na coragem.

É o solo de Oiobomé, alegre e farto, abrindo-se num parto generoso, rutilante, faiscante sobre o solene mogno da távola britânica, naquele salão escuro e enfumaçado, quebrando a austeridade e a decência daquela assembleia de, até então, sérios e respeitáveis financistas ingleses.

De volta da Europa, o presidente Mamadu "Da Glória" Jabah dá início a uma enérgica e intransigente política de contenção de gastos e de aumento das rendas públicas. E, assim que vê saneadas as finanças do país, põe em prática um eficiente programa de reformas administrativas, que é o suporte sobre o qual se assenta o impressionante progresso experimentado por Oiobomé.

Ganamali e as cidades-sede dos governos provinciais são totalmente urbanizadas, dentro das mais modernas técnicas vigentes. A mata parece querer resistir, mas, impotente, recua, levando consigo as araras, os saguis, as cigarras. O silêncio dos igarapés é quebrado pelas árvores que tombam. Mas tudo dentro da melhor técnica e do melhor critério, deixando-se de pé os acapuzeiros, os ingazeiros e as sumaumeiras, integrados à nova paisagem como monumentos. Os técnicos do governo rasgam ruas e avenidas obedecendo a um desenho quadriculado. É assim que Ganamali se torna, depois de Washington e La Plata, a terceira cidade planejada das Américas.

— Enquanto os seringalistas lá de baixo montam óperas de ouro e acendem charutos com notas de dólares, nós planejamos nossa economia! — compara Da Glória, em um de seus animados discursos. — Daqui a pouco os ingleses vão enfiar a borracha neles. Aí, de *hevea brasiliensis*, ela vai passar a *hevea indiana*, *hevea* de Sumatra, *hevea* da Cochinchina... Então, eles vão ter que trocar as botas de verniz por sapatos de seringa. Se ainda houver seringa!

A multidão ri com todos os dentes, com alegria mesmo. Porque, no plano da saúde pública, Da Glória, com sucesso absoluto e contando com a mais ampla colaboração do povo, que pressurosa e alegremente corre, sem vacilar, para receber as vacinas, consegue erradicar para todo o sempre a febre amarela e a varíola. E, contando sempre com o entusiasmo da população oiobomense, o presidente implanta importantes melhorias, como a extensão da rede hidroviária, interligando todas as províncias; e a construção de modernos portos fluviais, para escoamento da produção, além de um grande porto marítimo no Atlântico, ligando Oiobomé ao resto do mundo.

Nesse momento, a cientista médica Eufrásia Teodora, figura das mais destacadas da sociedade oiobomense, é lembrada para assumir o Ministério da Saúde Pública. Mas, por conta de seu afastamento do Ilê Axé Iyá Ominibu, motivado por divergências doutrinárias, acaba de fundar seu próprio terreiro, o que para ela é a prioridade maior. E, mesmo que quisesse aceitar o convite, seus compromissos acadêmicos seriam também um sério empecilho: mal concretiza a fundação de sua comunidade religiosa, mãe Eufrásia já está em Lisboa, apresentando, no congresso médico que lá se realiza, a sua alentada "Contribuição para o estudo do animismo fetichista como fator de cura das perturbações mentais".

Nesse importante encontro, é eleito presidente honorário o brasileiro Juliano Moreira, que, a partir daí, se torna grande amigo da impressionante ialorixá cientista, cuja casa em Ganamali já recebe renomados intelectuais, artistas e políticos, alguns desses tentando convencê-la a encetar, também, carreira parlamentar. Mas a doutora Eufrásia Teodora, ou mãe Eufrásia, tem outros objetivos. Tanto que poucos anos depois já está de novo na Europa, agora participando do Congresso Internacional de Antropologia Criminal, realizado em Colônia, na Alemanha.

◈

Em busca do fortalecimento de Oiobomé, o presidente pensa entrar em contato com o pan-africanista jamaicano Marcus Garvey, com o objetivo de receber, como imigrantes, afro-americanos insatisfeitos.

— Essa UNIA, Associação Universal pró-Melhoramento dos Negros, é mesmo para os negros ou "pró-Melhoramento do Garvey", presidente? — insinua maldosamente um conselheiro.

— Mas ela já tem 418 núcleos e perto de dois milhões de membros. Muitos imigrantes de Porto Rico, do Haiti, de Cuba e das Antilhas estão fazendo parte. E isso é um sinal de força — rebate o presidente.

— Serão verdadeiros esses números, Excelência? — o conselheiro insiste. — E ele está vendendo ações de uma companhia de navegação que ainda não tem nem navios. O sr. Presidente não acha tudo isso pelo menos estranho?

O lema do movimento de Garvey é "Volta à África", já que o objetivo da UNIA é "a África para os africanos", tanto os do continente quanto os filhos espalhados pelo mundo. E Oiobomé, livre e anti-imperialista, parece ao presidente Da Glória uma opção africana menos onerosa, até mesmo pela distância.

Garvey compra três buques velhos e precisando de reparos: o *Yarmouth*, com trinta e cinco anos de uso; o *Kanasha*, e o *Shadyside*, que é um barco de passeio. Rebatiza os barcos com nomes de grandes personagens da História afro-americana, como Booker T. Washington, Frederick Douglass e Phyllis

Weatley. Planeja batizar uma quarta embarcação com o nome do general afro-cubano Antonio Maceo. E chega a mandar o *Yarmouth* até o porto de Havana, onde a população "morena" saúda a chegada da embarcação, vendo pela primeira vez um navio mercante totalmente tripulado por negros.

A iniciativa de Da Glória, depois de alguns contatos com Marcus Garvey, acaba se frustrando com a falência da UNIA e as consequentes acusações de "fraude fiscal" que começam a pesar sobre o jamaicano nos EUA. Mas a jovem República, de qualquer forma, continua atraindo imigrantes de várias partes das Américas. Como é o caso dos milhares de haitianos que chegam, em meio à desordem provocada em seu país pelo desembarque de fuzileiros americanos e pelo assassinato do presidente Guillaume Sam.

Nesse mesmo momento, chegam à Guiana Francesa, procedentes de Santa Lúcia, Martinica, Guadalupe e outras ilhas, imigrantes que salvam não só a economia como a demografia da possessão gaulesa. Eles tinham ido para Oiobomé. Mas o governo Da Glória, ante as necessidades maiores do país, num gesto humanitário, os encaminha para lá.

Mais tarde, Oiobomé recebe e asila rebeldes de Trinidad, sublevados de Georgetown, haitianos fugidos da invasão de seu país por tropas do Tio Sam, cubanos insatisfeitos com a corrupção e as fraudes eleitorais, jamaicanos que não querem lutar na Europa...

E é também com Da Glória que Oiobomé define seus limites. Sendo a região objeto de antigo litígio entre Brasil e França, a questão é submetida a um juízo arbitral internacional, ficando o Amapá com o Brasil e a jovem República sendo internacionalmente reconhecida como independente.

Por esse momento, o revolucionário Trajano, não atendendo aos reclamos do presidente oiobomense, resolve partir para a Guiana e fazer-se governador de Cunani, sendo vencido pelo brasileiro Veiga Cabral, o "Cabralzinho". E é também nesse contexto que a Bolívia, reivindicando o Acre e atacada pelo Brasil, pede ajuda a Oiobomé, que prefere manter neutralidade, numa posição que vai marcar sua política externa daqui em diante. Tanto que, ao ouvir os rumores da conflagração que envolve a Europa, solicitado a engajar o país no conflito ou alinhar-se a um dos lados, Da Glória, com um muxoxo, retruca sabiamente:

— Tenho mais o que fazer! Eles que são brancos que se entendam...

Certamente pela independência de suas ações e realizações, o presidente Da Glória não conta com apoio unânime. Os sulistas norte-americanos, fugidos, no século passado, da Guerra de Secessão e estabelecidos na margem direita do antigo rio Tapajós sob o patrocínio do barão de Santarém e do imperador do Brasil, mordem-se de inveja e ódio com o progresso da jovem república afro-indígena. E, nisso, são insuflados pelos coronéis de barranco:

— Eu, se fosse vocês, tirava a fantasia do baú, metia lá o capuz e saía incendiando as casas desses pretos — incita um deles, no que Mr. Maggie, líder dos sulistas, cospe o fumo que mascava e justifica sua impotência.

— It's impossible, colonel! Nós não ter mais klan, não ter mais klux, não ter nothing more.

Mas Mr. Maggie está enganado quanto à eternidade do progresso e da paz em Oiobomé. Porque, certamente apoiado e financiado pelos coronéis de barranco e pelo governo brasileiro, o "bispo" Tobias Waiwai, um homem sanguinário travestido de ministro protestante, apeia do poder Mamadu "Da Glória" Jabah dos Santos, quase no final de seu mandato eletivo. O "bispo" sobe ao poder com a imagem de altruísta e desejoso do bem-estar dos menos afortunados. Entretanto, em pouco mais de duas décadas de vida pública, acaba por acumular um patrimônio absolutamente incompatível com suas origens e as da família de sua primeira mulher.

O estopim para a deposição do grande presidente, estadista, idealista e realizador fora seu apoio a um movimento militar eclodido no vizinho Brasil, naquele momento.

Pregando reformas políticas e sociais e tentando depor o governo, um grupo de combatentes brasileiros partira do Rio Grande do Sul para o interior do país. Do Paraná, e sempre com o exército legalista em sua perseguição, eles constituem uma coluna de 1.500 homens comandada por um franzino capitão porto-alegrense. Entrando pelo Mato Grosso do Sul e chegando até o Maranhão, lá a coluna recebera, através de um emissário, convite para exilar-se em Oiobomé, onde o capitão poderia, caso desejasse e pelo tempo que quisesse, ser uma espécie de "instrutor residente" das tropas locais, permanentemente em estado de alerta contra as pretensões do Brasil. O militar, entretanto, recusou a proposta (que chegou a tentar os poucos soldados negros e índios de sua tropa), em nome, segundo respondeu, "de suas convicções democráticas e universalistas". E dirigiu-se ao nordeste, de onde, mais tarde, chegou a Minas Gerais.

Ultrajado com o que considerava uma ousada intromissão de Oiobomé nos assuntos internos do país, ao oferecer apoio a "forças organizadas a soldo do erário público, que para esse fim sofria frequentes e quantiosas sangrias, e compostas principalmente de bandoleiros facínoras, verdadeiros profissionais do latrocínio e da pilhagem, recrutados no recesso despoliciado dos sertões", o presidente brasileiro resolveu agir. E o fez fornecendo armas e estratégias para a deposição do grande Mamadu Jabah e a entronização (sim, esse é o termo!) de Tobias Waiwai como presidente.

A data do início do levante fora objeto de planos longamente tramados e de uma decisão de momento. Numa reunião realizada em Macapá, o general Carneiro Perpétuo e o almirante Hilário Graça decidiram que as tropas começariam a se movimentar três dias depois, apesar da teimosa oposição do contra-almirante Astrogildo Zodíaco, pelo fato de nesse dia a lua entrar em quarto minguante.

Assim, no dia e na hora aprazados, as tropas brasileiras atravessam o antigo canal do Norte, atingem a ex-ilha Queimada, passam pela ilha Mututi, descem o Xingu, chegam à confluência deste com o outrora chamado rio Amazonas, contornam o sul da antiga ilha Grande de Gurupá e tomam Ganamali, sem levar em conta as fortificações erguidas à época do presidente Dos Santos. Na capital, as tropas se encontram, mas não há combate: entorpecidos por não se sabe que artes diabólicas, os soldados oiobomenses não esboçam nenhuma reação. Antevendo o golpe, por consulta feita semanas antes ao oráculo do Grandinene Okailê, o Grande Templo, o presidente Jabah — que, de muçulmano mesmo, só tinha o nome fulâni do avô —, a esta altura dos acontecimentos, já está em Nova Orleans, na Louisiana, exilado entre os índios tchoupitoulas, enquanto o bispo Tobias Waiwai é entronizado (esse é o termo!) como o novo presidente da República de Oiobomé.

Desse ministro metodista afro-indígena, gordo e truculento, sempre de preto e colarinho alto, até aqui o que se sabe é que saiu, há muito tempo, da comunidade indígena que lhe empresta o sobrenome para morar em Macapá. E sobre sua Igreja Episcopal Metodista Africana, fundada por Richard Allen, nos Estados Unidos, como reação à discriminação sofrida na igreja que frequentava, veja-se que só foi tolerada em Oiobomé quando ficou claro que desenvolve uma teologia negra, na qual Jeová e Cristo, por exemplo, são vistos dentro de uma perspectiva não só africana como negra também.

Tão grosseiro quanto dado a histéricos fervores místicos, sabe-se também, de Waiwai, que viveu alguns anos no sul dos Estados Unidos, onde foi discípulo de um charlatão intitulado "Pai Jeová", tendo depois ingressado na respeitável Metodista Africana.

Assumindo o poder, Waiwai proclama-se imperador, sob o nome de Tobias I, arma um poderoso exército de inocentes fanáticos e cria para si o epíteto "Divino Mensageiro", sob o qual suas prédicas apocalípticas começam a atrair multidões. Dentro em pouco, pelo uso de técnicas de comunicação absolutamente inovadoras, inclusive experiências pioneiras com o rádio, o fonógrafo e o cinema, recém-introduzidos na região, seu domínio sobre Oiobomé é absoluto, o que lhe possibilita prender, um a um, todos os militares que apoiaram sua escalada ao poder e jogá-los, no enorme tanque cheio de piranhas que mandou construir numa área livre perigosamente localizada entre a Casa Verde, o palácio presidencial, e o Grandinene Okailê, fechado e arrasado em uma de suas primeiras ações governamentais.

Nessa Oiobomé de astral baixo, paradoxalmente a toda a crueldade com que elimina seus opositores, Tobias I, o "Divino Mensageiro", presta demagógica assistência social, através de roupas e alimentos, às populações ribeirinhas do lado brasileiro dos rios outrora chamados Tocantins, Amazonas e Pará, atraindo-as para o que chama de Tupanoca, a "Casa de Tupã", ou seja, o "Paraíso", mistura de cabaré, mafuá e circo, travestida de templo religioso, em que acabou de transformar o outrora glorioso e sereno palácio da República dos tempos do presidente Da Glória.

Déspota sanguinário e "pai dos pobres" ao mesmo tempo, ele vai drenando toda a riqueza e a produção do país para negócios misteriosos e escusos que mantém no Brasil e em Caiena, para onde viaja constantemente. E, com isso, vai minando o outrora sólido edifício erguido pelas gerações anteriores, esgarçando o tecido social, interrompendo a cadeia produtiva e fazendo o país, aos poucos, chafurdar no ócio, no vício e na miséria.

É nessa turva quadra histórica que, em Nova Orleans, depois de ter governado Oiobomé com pioneirismo e progresso durante mais de cinquenta anos, morre, velhinho, amargurado e quase anônimo, o grande presidente Da Glória. Mas seus companheiros do Black Star Social Aid & Pleasure Club não deixam o acontecimento passar em branco. Muito pelo contrário!

Por volta das treze horas, a banda do Black Star já está reunida diante da capela mortuária onde o velho presidente está sendo velado. Encomendado o corpo, sai o cortejo, puxado pela banda, tendo a conduzir a procissão, à frente de todos, passos vagarosos e elegantemente cadenciados, faixa diagonalmente atravessada no estufado peito e chapéu-coco seguro pela mão direita enluvada, o *grand marshall* Big Joe Chevalier.

O cortejo segue pela vizinhança, passa pela casa do falecido, pelo bar que ultimamente frequentava, para tomar uma "coisinha" e saber das novidades. E onde uma grinalda negra jaz pendurada na entrada principal. A banda vai tocando um *spiritual*, solene, pesado, lamentoso.

Depois de uns quarenta minutos, o cortejo chega ao Saint Louis Cemetery. A banda silencia. Acontecem, então, ao lado do túmulo de Marie Laveau, as orações e os discursos. Que são poucos. Pois pouca gente sabe quem é aquele veterano que ali jaz, a não ser seus companheiros de bourbon e bate-papo nas tardes do Preservation Hall.

Saem, então, do cemitério, os poucos familiares e amigos. E a banda, colocando-se a uma distância respeitosa, longe da tristeza dos mais íntimos, ao ver o pequeno grupo sumir na esquina, olha ao mesmo tempo para o primeiro trompete, que umedece os lábios, leva o instrumento à boca e executa um riff. Obedecendo ao sinal do *grand marshall*, os ritmistas começam a marcar o compasso da second line. Aí, depois de um vibrante ruflo de tarol, a banda acaba de vez com a solenidade da cerimônia e ataca o "The Saints".

É carnaval em Nova Orleans. As sombrinhas coloridas rodam no ar. Mulheres, velhos, crianças, cegos, aleijados, políticos, rufiões, marafonas, ministros batistas, índios tchoupitoulas, todos caem na dança. Celebrando a alegria do renascimento. Do grande Mamadu "Da Glória" Jabah dos Santos, que agora sobe aos céus, caminhando. No ritmo:

— *Oh, when* Dos Santos *go marchin' in...*

Oiobomé não sabe o que está perdendo!

Enquanto isso, em Ganamali, sob o disfarce de mecenas, o cruel imperador promove a difusão de uma arte estranha e absurda, completamente fora dos cânones tradicionais, nem angolo-conguesa nem jeje-nagô, nem greco-latina nem luso--brasileira. Nesse contexto, e sempre em estreita ligação com as oligarquias brasileiras, vai à cidade de São Paulo participar de um evento estapafúrdio, com ampla cobertura do único jornal e da única emissora de rádio existentes em Oiobomé. No alegre evento, com muita folia, piadas, disparates e desregramento, o "Divino Mensageiro" provoca sensação, por seus propalados humor e graça, sem saberem os paulistas que aquele pândego governante afro-indígena, surrealista e futurista é, na verdade, um sanguinário tirano.

De volta ao país finalmente todo seu, Waiwai, agora Tobias I, traz consigo músicos, poetas, pintores, atrizes etc., envolvidos na revolução estética que propõe, promovendo uma série interminável de exóticos e opíparos banquetes.

Nem Gargântua nem Pantagruel e nem mesmo Rabelais imaginariam banquetes como esses. Na mesa quase sem fim — de tão comprida que, para a confecção da toalha, foram necessários bem uns quinhentos metros de linho branco, e diferente a cada dia —, tudo o que a culinária amazônica pode oferecer de melhor. Num dia, come-se casquinho de muçuã; aperemá com farofa de farinha seca torrada; jabuti ensopado com leite de coco e castanha-do-pará; mujica de ovos de tracajá cozidos em farinha-d'água e sal. Isso no dia dedicado aos quelônios.

O banquete transcorre em clima de grande animação, a orquestra típica do palácio brindando os convivas com um repertório musical criteriosamente escolhido para a ocasião. Música para comezaina, claro! Suave, fácil, digestiva. Como pede o momento. E é nesse ambiente que a mulher negra de feições indefiníveis, meio árabe meio índia, alta, magra e inteiramente vestida de preto, aproxima-se de Tobias I.

— Vossa Majestade Imperial já ouviu falar em Faran-Maká? — pergunta ela, com a voz soturna mas sensual, quase sussurrando.

O imperador tem a boca cheia, as mãos ocupadas e, assim, responde quase sem se virar para a mulher às suas costas.

— Não tenho a mínima ideia de quem seja. Por quê? Ele foi convidado?

A mulher de preto esclarece, paciente:

— Não, Majestade. Faran-Maká foi um herói do povo Songai. Do grande império songai de Gao, no oeste africano.

— Ah, sim! — lembra-se Waiwai, que é bom conhecedor da História da África. E fala, sem parar de comer: — Mas isso foi há mais de quinhentos anos! O que tem ele a ver com a minha festa?

— Faran-Maká comia um hipopótamo inteiro a cada refeição, Excelência. E, quando tinha sede, bebia toda a água do rio Níger num gole só.

O glutão ri que quase se engasga. E se interessa pela história.

— Ah! Esse é dos nossos. E então?

A mulher misteriosa prossegue, agora já olhando fixamente nos olhos do imperador:

— Ele era tão grande e crescia tanto a cada refeição que os habitantes de sua ilha, na curva do rio Níger, foram tendo que abandoná-la, pois nela praticamente só cabia o gigantesco Faran-Maká.

— Interessante esse rapaz — o ex-Waiwai volta-se de novo para a mesa enorme, pegando agora uma coxinha de tracajá. — Como era mesmo o nome dele?

— Faran-Maká, Majestade. E, como seu corpo tomava a ilha toda, sua família e todo o seu povo tiveram que se mudar, revoltados, para uma das margens do rio. E o próprio rio se tornou seu inimigo. Mas Vossa Excelência não tem inimigos, felizmente. — A estranha mulher parece ser uma pitonisa ou intérprete de algum oráculo. Mas o imperador só pensa em comer e não percebe nada.

— Não tenho inimigos nem como um hipopótamo inteiro de uma vez só — conclui ele numa escandalosa gargalhada, no momento em que vira, de um só gole, um copázio de caxiri e quase engasga novamente.

No outro dia, a mesa é de peixes e répteis: carne de peixe-boi conservada na banha e fatiada como presunto; pirarucu cozido com vinagreira, maxixe e jerimum; jacaré moqueado na salmoura e depois guisado. No banquete seguinte, dedicado aos animais de caça, reinam uma gigantesca travessa de nacos de anta assada na panela; outra de caititu com molho de sal, limão, cebola, alho, cominho, cheiro-verde e farinha-d'água; capivara assada na brasa; tatu refogado com alho, cebola, sal, vinagre, limão e louro; assado servido no tucupi, com jambu e os temperos da pragmática.

Durante o banquete dessa noite, pois são sempre noturnas as comezainas, alguém pergunta pela cotia. Ao que Tobias I, incompreensivelmente irritado com a pergunta e talvez obedecendo a algum tabu de natureza fetichista, berra, histérico:

— Tem paca e tatu! Cotia, não! Tampouco veado nem macaco!

Como que chamada das trevas pelo berro, a mulher de preto, agora com um vestido ainda mais negro, ilumina-se ao lado do imperador. Percebendo o interesse do marido por ela, a imperatriz (que é apenas a esposa mais velha do polígamo soberano) se aproxima, insinuante, mas também trincando um bom pedaço de chã de anta.

— Conversa boa, hein! Posso participar? Sobre o que se conversa com tanta animação? Algum segredo de Estado?

O "Divino Mensageiro", sem parar de comer, abraça a imperatriz e a introduz na conversa, chamando a mulher misteriosa à palavra:

— Conta pra ela a história do gigante que comia um rinoceronte inteiro!

A estranha corrige:

— Um hipopótamo, Majestade! — e agora se dirige, olhando também firme nos olhos, à esposa imperial. — Faran-Maká era o nome do gigante. Tão grande e crescendo tanto que viu seu povo todo o abandonar. E como ele perseguia, na sua fome voraz, todos os animais do rio e da floresta, um dia os deuses da floresta e do rio, solidários com o povo expulso da ilha, também se revoltaram contra ele.

A primeira-dama do Império começa a perceber que está diante de uma feiticeira. Ou, o que é pior, de uma pitonisa, de uma intérprete de algum oráculo aziago. Mas nesse momento a orquestra ataca uma belíssima habanera. E o músico Pancho Valdés Estrada, neto do grande Ulpiano Estrada, vindo de Cuba especialmente para a festa, mas bem mais interessado na imperial coroa que nas comezainas, aproxima-se e, numa elegante mesura, faz o pedido irrecusável:

— Imperador, Vossa Majestade me permite, com todo o respeito, bailar essa contradança com sua digníssima imperatriz?

— Ora por quem sois, maestro?! — Tobias I faz o gesto de aquiescência, dá mais uma dentada na capivara... E, quando procura pela mulher de preto, para saber o final da história do gigante que bebia um rio, não a vê mais no salão, agora inebriado pela habanera da ópera *La Matancera*, que a orquestra executa em homenagem ao célebre avô do serelepe músico cubano ali presente.

E a comidaria prossegue, regada a muito cauim, muito caxiri, muito pajuari, muita caiçuma, muita tiquira, muito chá de ipadu, tudo às cuias; e um ou outro refresco de guaraná.

Chegada a noite das aves, na carta impressa em ouro sobre fino papel cartonado e esmaltado, lê-se: "Aves aquáticas: marreca assada na grelha; pato do mato ou passarão (opcional) no arroz. Aves da selva: inambu; jacamim; mutum, preparados à antiga moda marajoara." Finalmente chegada a tão ansiada noite da "Consagração dos Peixes" (os dos lagos, igarapés, brejos e alagadiços, considerados "peixes do mato", foram vetados, por indignos), os de água doce e salgada, inteiros, em postas, assados, escaldados, ensopados, lá pontificavam o cação, o camurim, a corvina, a enchova, o filhote, a gurujuba, o mero, a piraíba, a piramutaba, o serra, a tainha, o xaréu, o acará, o aracu, o bacu, o bagre, o jaraquim, o mapará, o matrinchão, o pacu, o tambaqui, todos preparados dentro dos mais lídimos preceitos amazônicos, adornados de folhas de jambu (muito jambu!) e tendo a acentuar-lhes o gosto os molhos mais diversos.

Mas o grande sucesso da interminável suíte de banquetes fica mesmo por conta é do pato no tucupi e da maniçoba, cujo preparo o "Divino Mensageiro", ele mesmo, faz questão de explicar, nos mínimos detalhes, para alguns comensais mais próximos.

— É simples, muito simples! O pato, você, de véspera, lava ele, bota em vinha-d'alhos e deixa pra entranhar o gosto. No dia seguinte, você assa o pato na lenha aí por umas duas horas. Enquanto isso, você ferve o tucupi junto com a pimenta, as cabeças de alho, a alface e a chicória, botando as pitadas de sal a seu gosto. Quando o pato esfriar, você corta ele em pedacinhos. Aí, junta dois litros do tucupi e põe no fogo até a carne ficar bem macia. Quando estiver bem molinho, você tira a pele e os ossos e dá pros cachorros. Aí, então, você pega os maços de jambu e separa as folhas e os talos mais tenrinhos. Escalda com água quente e sal e deixa de lado. Então, você faz o molho da pimenta, com tucupi quente. Feito isso, é só servir. O pato vai numa travessa de barro grande, coberto com o jambu e regado com o molho do tucupi. Acompanhamento é mesmo arroz branco e farinha-d'água, e aquela pimentinha, hein?

O "Divino Mensageiro" fala com a boca cheia d'água.

— Já a maniçoba...

É nesse momento que um emissário chega esbaforido, lívido, com um telegrama. Ao abri-lo, o déspota fica sabendo que o Brasil acaba de entrar na conflagração que envolve meio mundo há uns três anos. Indagado sobre se pretende entrar na guerra, Tobias I, com um muxoxo, retruca desdenhoso:

— Tenho mais o que fazer! Eles que são brancos que se entendam...

Nessa Oiobomé comilona, das grandes casas de culto Vitalista, a única que permanece é a da cientista médica mãe Eufrásia Teodora. O "Divino Mensageiro" finge ignorá-la. E isso porque a teme, acima de tudo, por julgá-la uma "rematada feiticeira". E ela, também estrategista, viaja para o Brasil, a pretexto de apresentar, na cidade de Salvador da Bahia, no II Congresso Afro-brasileiro, as teses *Barbárie e civilização: a possessão demoníaca e o transe de orixá* e *Exegese psicanalítica das religiões africanas nas Américas.*

Face ao clima reinante no país, a ialorixá cientista impõe-se, então, um voluntário exílio baiano, no eixo Itaparica-Salvador, onde, entre odás, etus, aquicós, epô, itanás e livros, muitos livros, escreve, para publicação no exterior, quatro trabalhos de grande impacto no universo acadêmico: *La mythologie africaine au Brésil et a Oyobomé; High Gods: The Orisha and Vodun Cult Among Oyobomenian; Voelkerpsychologie und Psychiatrie;* e *Negociación y conflito: economia de los cámbios simbólicos en Oyobomé.*

Eufrásia escreve e mojuba. À moda de Cuba e do Haiti. Forte. E parece que é por sua mão que o castigo contra a gula, a concupiscência, a falta de espírito democrático e o racismo do "Divino Mensageiro" começa a vir. Da Bahia de Todos os Santos. A cavalo.

É que o imperador, forçado a fazer uma viagem de cunho político ao interior do país, deixou na capital, investido no cargo, e com alguns poderes de governo, o coronel Beltrano dos Santos, que dispunha de apenas quarenta soldados de cavalaria e pouco menos de cem infantes a quem estava entregue o serviço de polícia na cidade.

Uma manhã, bem de manhãzinha, o coronel fora do posto, numa missão com quarenta guardas, o famoso bandoleiro Zé da Luz, terror da Bahia e de todo o Nordeste brasileiro, atinge Ganamali por terra, não se sabe como, com seu bando de trinta famigerados facínoras, que, galopando dois fogosos corcéis e vinte e oito pangarés, chegam até o majestoso portão da Casa Verde, guardado apenas por um tenente, um sargento e seis soldados, que não lhe opõem a mínima resistência.

Zé da Luz entra no salão do palácio e seus asseclas ficam de guarda na porta. O pânico toma conta da cidade, todos fechando suas portas e janelas. Três dos vereadores, que por acaso se encontravam na Casa Municipal, sentem-se no dever cívico de ir até a sede do governo para solicitar que o chefe dos bandidos não permita que seus companheiros roubem cidadãos ou saqueiem a cidade.

Zé da Luz, sentado na cadeira de espaldar alto da sala de despachos do Imperador, uma espécie de trono de mogno do tempo do saudoso Dos Santos, recebe-os muito bem, mandando que se sentem e que sejam servidos aluá e bolinhos de carimã. Só lhes pede em troca que retornem à Câmara e votem, em caráter de urgência, a concessão de uma verba de cinquenta mil réis, dinheiro de que necessita para cobrir as despesas com seu pessoal.

Os vereadores se retiram e, depois de uma discussão de cerca de meia hora, voltam com a notícia de que a Câmara decidiu ser necessário cortar a verba pela metade, mas que ela será liberada dentro de mais alguns minutos.

Pouco depois das três da tarde, de posse do dinheiro e dando entusiásticos vivas ao imperador, Zé da Luz e seu grupo refazem a galope o caminho por onde entraram na cidade, por sorte ainda seca naquele momento histórico.

Saques, festas, butins, festas, roubos e mais festas. Oiobomé já está na bancarrota quando o "Divino Mensageiro", aos setenta e dois anos, já devidamente excomungado pela Igreja Episcopal Metodista Africana e destituído de suas honras sacerdotais, anuncia a descoberta de sua "alma gêmea", de seu "doce anjo", uma catarinensezinha de dezoito anos, cabelos loiros como os trigais, com quem se casa numa festa de inenarrável pompa.

Só que, no banquete de casamento, depois de comer, maquiavelicamente incentivado pela rebaixada esposa imperial, todo o pato no tucupi e toda a maniçoba existentes em toda a Amazônia, o "Divino Mensageiro" morre no leito nupcial, num orgasmo de carga elétrica equivalente a mil volts, seu corpo, esturricado e encolhido, ficando exatamente igual ao de um bugio moqueado.

E, no momento desse espasmo e dessa descarga letal, o céu de Ganamali está coberto por uma nuvem espessa, muito espessa, que vai baixando, baixando e escurecendo tudo, sob o estalar de raios e o riscar de coriscos, de ventos que sopram em todas as direções, a noite se fazendo em plena tarde... É o fim.

A República de Oiobomé já não é mais nem uma pálida sombra do que foi quando a chuva inunda a Amazônia e os rios arrastam tudo, gente, casas, choupanas, palácios, aldeias indígenas inteiras, à sua passagem. No encontro com o mar, tudo é uma pororoca só, explodindo e esbarrancando, afogando até os próprios peixes e alcançando aves em pleno voo, durante não se sabe quanto tempo, talvez quarenta dias e quarenta noites.

O país contava, pelo último censo, com milhões de habitantes. E, por força do desgoverno e dos desmandos do "Divino Mensageiro" — cujo único milagre fora destruir toda a meritória obra dos presidentes anteriores, principalmente Da Glória —, mais de oitenta por cento da população já vivia abaixo da linha de pobreza. E desses pobres, cerca de oitenta por cento eram "os pobres da pobreza", mais miseráveis ainda.

Nessa Oiobomé desleixada e preguiçosa, anterior ao dilúvio que a submergiu e destruiu, aquele que conseguisse concluir o curso secundário, que ainda era gratuito, só ambicionava arranjar um emprego e casar-se.

— Fazer faculdade pra quê? Eu hein? Perder meu tempo? Enquanto existir seguro social, eu não quero nem saber...

— Eu só penso é nas crianças. Mas enquanto a gente tiver uma casinha pra morar, remédio e escola de graça, a gente vai tenteando. O resto... Zambidiê ajuda.

Realmente, graças à estrutura que ainda restava, o oiobomense que ganhasse um salário mínimo por ano já estava fora dos limites da pobreza oficial. E, embora a economia já desse sinais de colapso, dois salários eram o suficiente para sustentar uma família de quatro pessoas. Por isso, o êxodo escolar atingia níveis alarmantes; e as escolas, com seus professores desmotivados, botavam nas ruas cada vez mais alunos funcionalmente analfabetos, sabendo ler apenas o que dizia respeito ao seu universo mais próximo, e, assim, totalmente despreparados para assumir as ocupações mais triviais.

Em consequência, assaltos, assassinatos e estupros, em geral impulsionados pelo caxiri, pela caiçuma, pelo parati traficado do Rio de Janeiro e por estupefacientes extraídos da floresta, já eram comuns naquela que foi um dia chamada por um jornal antigovernista brasileiro de "a tulipa negra do Marajó", "a orquestra marajoara" e "a utopia nos trópicos". Até que veio o dilúvio.

Na verdade, tudo se deveu a um fenômeno perfeitamente explicável à luz da ciência: uma tempestade tropical, com ventos a quase trezentos quilômetros por hora, decorrente de uma depressão formada dias antes a nordeste de Barbados, que evoluiu na direção sudeste atingindo Oiobomé em cheio, principalmente a capital.

Ganamali, embora planejada, fora erguida em grande parte sobre aterro de pouca solidez. Seus prédios eram bonitos, mas, feitos basicamente de madeira e ornatos de gesso, eram frágeis diante de um evento natural de tal força e magnitude. Assim, com a tempestade, os rios que cercam e cortam o território do país transbordaram e as eclusas existentes não conseguiram conter as águas que tomaram todo o território oiobomense, causando aproximadamente duas mil mortes, deixando milhares de desabrigados e paralisando quase que totalmente as atividades produtivas no país. Consternados com a tragédia, vários países vizinhos enviaram ajuda, em forma de pessoal especializado em resgate e salvamento, bem como donativos.

O reinado despótico de Tobias Waiwai ou Tobias I tinha afugentado de Oiobomé toda uma elite de pensadores e empreendedores efetivamente progressistas e devotados à causa do eterno e saudoso fundador. E entre eles está o jovem advogado Apurinã dos Santos, neto de Elijah Paricotó, rico industrial, de fortuna familiar iniciada com as plantações de guaraná do avô.

Apurinã aceita o governo como uma missão em proveito de seu povo. Mas preferiria mil vezes, como diz, ter ficado em seu gabinete, com seus livros, sua metafísica e suas experiências científicas, que os adversários rotulam de espiritismo e feitiçaria.

Por conta dessas experiências, que são apenas inocentes pesquisas no campo do Direito — vistas como demoníacas por causa do latinório —, o advogado pede "um lapso de tempo". E, então, por sua expressa recomendação, institui-se um governo provisório, entregue a três venerandos políticos, os velhinhos Cipriano Jackson dos Santos, Ubiracy Ramos Cacique e Joventino Venerando dos Santos.

Conhecido como a "Regência Três Coroas", esse governo, empossado na Casa Verde, a agora arruinada sede do Executivo, fixa o prazo de eleição do novo presidente para dali a três meses. Mas as sucessivas reuniões não levam a nenhuma conclusão sobre o melhor nome entre os candidatos, pois todos reúnem condições. A decisão é então levada a um sorteio, no qual sai o nome do jovem Apurinã, que então não tem outro remédio senão aceitar o espinhoso cargo.

Discreto, hábil, inteligente e simpático, além de ser um homem muito bem-preparado e dotado de ampla visão política, Apurinã percebe que a solução para os graves problemas que o país enfrenta só poderá partir de um governo forte. É assim que, sem que se perceba claramente, ele, logo que assume a presidência, põe sob seu controle todos os setores da vida do país: políticos, militares, funcionários públicos, operários e camponeses; a classe dirigente e a classe trabalhadora. De posse desse controle, seu governo começa a operar uma profunda revolução na vida de Oiobomé — um país tão independente que consegue se manter inteiramente alheio ao conflito que envolve as grandes potências mundiais.

A nova Constituição, outorgada duas semanas após a posse presidencial, apesar de rígida, é simples e direta. E, em poucos artigos, estabelece:

1. que Oiobomé é um Estado unitário, onde as províncias não gozam de autonomia, sendo governadas por presidentes e seus conselhos gerais, nomeados pelo presidente da República;

2. que o governo é presidencialista, sendo o presidente o "Órgão Supremo do Estado", reunindo em suas mãos os poderes Executivo e Legislativo, este exercido no comando de um corpo técnico de legisladores;

3. que a ordem social do país se baseia na família e prevê a ocupação de todos nos trabalhos agrícolas, industriais e de serviços, exceto de um pequeno grupo de pessoas que terão por tarefa o estudo e a pesquisa. Nas ciências sociais e nas da saúde, essas pesquisas enfatizarão a prevenção, incentivando, por exemplo, campanhas públicas, exames periódicos e vacinação em massa;

4. que a propriedade é coletiva, sendo as moradias habitadas pelas famílias, cada uma por um prazo de dez anos, findo o qual sorteiam-se os novos locais de residência; que os gêneros necessários à subsistência dessas famílias serão sempre adquiridos nos mercados existentes em cada quarteirão das cidades, nos quais os oiobomenses depositarão tudo o que produzirem e retirarão tudo de que necessitarem;

5. que o Estado garantirá educação e assistência médica gratuita em todos os níveis, através de redes de ensino e serviços de saúde em todas as unidades da federação, no campo e nas cidades;

6. que os oiobomenses professarão livremente todas as religiões, sendo, entretanto, expressamente proibidos a propaganda e o proselitismo religiosos.

Por essa época chega a Oiobomé a notícia do falecimento, nos Estados Unidos, do cientista George Washington Carver.

Com toda uma vida dedicada à química agrícola, esse afro-
-americano iluminado difundiu a cultura do amendoim em
seu país e foi o pioneiro na obtenção de produtos industriais
a partir não só dessa planta como da batata-doce, da noz, do
algodão e da soja.

Tendo trabalhado com o dr. Carver em algumas dessas
investigações, o oiobomense Juruá Purus dos Santos trouxera, anos atrás, para seu país, o resultado dessas pesquisas, que,
na ocasião, foram objeto de chacota por parte de brasileiros
despeitados, que o apelidaram "Amendoim". Reconhecendo,
entretanto, a importância desse cientista nativo, o governo de
Oiobomé instalou, em Afuá, as Indústrias Carver, para fabricar
com grande sucesso diversos produtos, a partir de sementes
de babaçu e buriti, como gordura e óleo de cozinha, sabões,
ceras, velas etc.

Em pouco tempo, para desespero de um concorrente luso-
-brasileiro (mais de cem anos passados, o Brasil ainda usa sabão
português!), as Indústrias Carver transformam-se na podero-
sa UCE, União Carver Exportadora, um dos esteios da economia do país.

Agora, então, com a morte do inspirador e patrono, é erguida, na sede do complexo fabril, em Afuá, como reconhe-
cimento e homenagem, um monumento ao grande cientista
afro-americano George Washington Carver.

E em muitas das conversas paralelas à homenagem, per-
cebe-se a formação de uma consciência crítica sobre os problemas que assolam o país. Assim, pouco a pouco, a nação vai
compreendendo que o dilúvio que arrasou Oiobomé foi a forma que Legbá, o vodum que troca e confunde os caminhos,
encontrou para pôr todas as coisas nos seus devidos lugares.

Passo a passo, então, do arquipélago destruído pela catástrofe o presidente Apurinã vai fazendo nascer um novo país, reconstruído, forte e unido.

Essa reconstrução passa, também, por uma profunda discussão, como já se anunciava logo após o fim da Grande Guerra, sobre as relações de gênero. Sob a liderança de Amália Jackson dos Santos, cabocla tão forte e decidida que seu marido, o venerando e franzino Cipriano, lhe devota um respeito conjugal que os adversários teimam em definir como "profundo temor", cria-se, como evocação das legendárias amazonas, a Associação das Filhas do Daomé. A entidade é quase um partido político feminista, como os leitores poderão apreender da discussão a seguir, transcrita em bom português, taquigrafada em uma das reuniões, sendo escoimados, obviamente, os nomes das debatedoras e as expressões mais ofensivas. Ouçam!

"— Os reclamos da presente época, companheiras, exigem que nós, mulheres oiobomenses, assumamos nossos lugares ao lado dos nossos homens. Em todo o mundo livre, as mulheres estão unindo suas forças em torno de uma agenda específica, feminina.

"— Apoiada, companheira! Por trás de um grande homem tem sempre uma grande mulher.

"— Nós temos mesmo que grudar neles, pra eles não saírem por aí fazendo bobagens!

"— No mundo dos brancos, já ficou claro para os homens que as mulheres não são apenas o esteio dos lares. Nós somos o ponto de partida para que eles participem efetivamente da condução dos destinos de suas nações.

"— Mas nós temos que ser protagonistas também. Temos que recusar o eterno papel de coadjuvantes.

"— Principalmente nós, negras e índias.

"— Na África, nossas ancestrais é que cultivavam a terra, é que tinham a responsabilidade de obter alimentos e cuidar dos filhos.

"— Aqui também, minha avó era índia e sempre disse isso.

"— Na escravidão, as mulheres foram sempre o único elo entre o escravo e suas origens. Sem esse elo, nossa herança cultural não teria se preservado.

"— Nós fomos o sustentáculo: como amas de leite, ganhadeiras, mucamas, criadas pra todo serviço...

"— É... pra todo serviço...

"— Então, nesse momento em que Oiobomé busca o caminho de sua reconstrução, nós temos também que estar na vanguarda. A mulher moderna luta por oportunidades iguais e as consegue. Fazendo bem nosso trabalho, nós ganharemos o respeito dos homens...

"— Os homens brancos valorizam mais suas mulheres do que os nossos em relação a nós.

"— Não apoiada, companheira! Lá embaixo, mesmo, está o exemplo: você acha que os antigos imperadores do Brasil e mesmo os atuais presidentes valorizaram e valorizam suas mulheres?

"— Companheira! Acho que o Brasil já deixou de ser uma referência para nós há muito tempo. Em todos os campos e em todos os pontos de vista. Precisamos parar com esse negócio de querer imitar o colonizador, o imperialista.

"— A música deles é muito boa, isso ninguém pode negar. A deles e a dos cubanos.

"— Estamos falando de desrespeito à condição feminina. E isso é uma situação que, se realmente persiste em Oiobomé, nós temos força para reverter, nos impondo através do nosso trabalho, de nossa inteligência e de nossa participação.

"— A mulher oiobomense não quer mais ser a bonequinha de luxo ou a simples dona de casa. Nós queremos independência. Independentes é que levaremos o país às alturas.

"— Queremos independência em todos os sentidos e em todos os campos, inclusive nos esportes. As mulheres de Oiobomé também querem jogar futebol! E votar, é claro!"

A "NOVA ESSÊNCIA"

É nesse clima saudavelmente democrático que nasce em Oio-bomé o movimento cultural denominado Nova Essência, inspirado na "essência afro-indígena" exposta no livro *A alma oiobomense*, de Xangobunmi dos Santos, lançado à época do presidente Da Glória. Através dele, intelectuais e artistas (aqui incluídos os do esporte), sem distinção de gênero, retomam o florescimento experimentado nos anos logo após a Grande Guerra.

Com o Nova Essência, Oiobomé torna-se roteiro obrigatório para intelectuais e artistas negros de todos os quadrantes. Assim, a presença no país de companhias internacionais de teatro negro torna-se uma alegre constante. E, nessa verdadeira "febre oiobomense", chegam ao país, diretamente da Broadway, primeiro o musical *Cabin in the Sky*, com Ethel Waters, Dooley Wilson, Todd Duncan, Rex Ingram, J. Rosamond Johnson e o balé de Katherine Dunham; depois vem

Carmen Jones, com Luther Saxon, Napoleon Reed e Carlotta Franzel, entre outros.

Logo após, The American Negro Theater traz a Oiobomé *Anna Lucasta*, com Hilda Simms, Frederick O'Neal, Alice e Alvin Childress, Earle Hyman e Herbert Henry. Nesse mesmo ano, o público oiobomense assiste a *Saint Louis Woman*, com Rex Ingram (de volta), Pearl Bailey e Juanita Hall. Mais tarde, é a vez do barítono Paul Robeson.

Depois de visitar a União Soviética, a Ásia e a Europa, Robeson vai a Oiobomé conhecer e se entusiasmar com a pioneira república afro-indígena. Nessa visita, ao ver um velhinho pescando num igarapé, a bordo de seu barquinho modesto, não se contém e faz seu vozeirão ecoar pela floresta: "*Ole man river... That ole man river...*", ele canta. Mas, de repente, um mensageiro traz o telegrama cruel: o passaporte de Robeson, apologista do socialismo e dos direitos civis, acaba de ser cassado pelo reacionário governo americano. O barítono baixa a cabeça e chora.

Mas como — dizem os brasileiros — "tristezas não pagam dívidas", do Rio de Janeiro chegam, numa esfuziante sequência, Ataulfo Alves e suas pastoras; Jupira e suas cabrochas; Luiz Gonzaga, sua sanfona e sua simpatia; o Teatro Folclórico Brasileiro de Solano Trindade; e, com sua *partner* Deo Maia, o inimitável Grande Otelo, que, aliás, já estivera no país anos atrás, ainda menino, com a Companhia Negra de Revistas. Na ocasião, em que se constituiu no grande sucesso da Companhia, o querido artista era apresentado como o "notável ator infantil Otelo Gonçalves" e também anunciado como "O Grande Otelo, o artista mais pequeno do mundo".

Tudo isso inspira e motiva escritores, músicos e atores oiobomenses que, primeiro com adaptações, como as de "Shuffle Along", "The Chocolate Dandies" e "Love Will Find a Way", logo passam a criar e interpretar textos e partituras originais e interessantes, falados e cantados em oiobomês como "Lezuazô Waúna" (Pássaros negros), "Zi Pupê di Cocoá" (Bonecos de chocolate) e "Wasoba di Kafê" (Barões de café).

No campo das artes plásticas, Oiobomé projeta internacionalmente nomes como o de Héctor Plaisir dos Santos, Serge Vidall dos Santos e Antoine-Joseph da Penha. Suas obras conquistam medalhas na Exposição de Paris, na Exposição Pan-americana, na Exposição de St. Louis, algumas passando depois a integrar o acervo permanente de grandes museus e galerias da Europa e das Américas. E todas elas, sem exceção, evocam a essência afro-indígena da alma de Oiobomé.

Nesse estimulante quadro, ao mesmo tempo que estudantes oiobomenses vão para os Estados Unidos aprimorar-se em universidades para negros, como a Fisk, a Virginia Union, o Lincoln Institute, o Morehouse College, a Howard e outras, músicos e cantores como Duke Ellington e Count Basie, com suas respectivas *big-bands*, o cubano Benny Moré e sua Banda Gigante, o haitiano Nemours Jean-Baptiste e sua orquestra, Ella Fitzgerald, Sarah Vaughan, Nat King Cole e Billy Eckstine, entre outros, apresentam-se em Oiobomé, nos vários *sesks* que movimentam todas as províncias, a da capital e as das outras ilhas.

Muitos de passagem para o Brasil, chegam a Oiobomé também grandes desportistas, como Joe Louis (recentemente aposentado como o maior dos campeões em sua categoria), o grande Sugar Ray Robinson e o jovem Floyd Patterson, além dos brasileiros Zizinho, Domingos da Guia e Leônidas da Silva, gozando folgadas e merecidas férias. Chegam também os malabaristas do basquete, The Original Harlem Globe-trotters, quase ao mesmo tempo que a fantástica dupla de sapateadores The Nicholas Brothers. E a literatura também se faz presente, com Langston Hughes, Countee Cullen, Richard Wright, Aimé Cesaire, León Damas, David Diop e Leopold Senghor.

No Guidan Wasa, o Teatro Nacional de Oiobomé, a soprano americana Marian Anderson, depois de ser proibida de cantar no Constitution Hall de seu país pelo simples fato de ser negra, é desagravada pelo numeroso público presente à récita de gala que se dispôs a abrilhantar, em benefício dos flagelados da seca no nordeste brasileiro. Acompanhando-a ao piano, destaca-se a "prata da casa", na virtuosa presença do jovem Nonô dos Santos.

Da Jamaica, vem a grande Louise Bennet, a "Miss Lou", com seu *partner* Rannie Williams, com o qual proporciona às famílias oiobomenses inesquecíveis horas de bom humor e boa música.

Do "vizinho de baixo", ora amigo de fé ora adversário, passam por Oiobomé, nessa época de proveitoso intercâmbio e intensa ebulição cultural, para longas e bem-sucedidas turnês por todo o arquipélago, o Teatro Experimental do Negro, de Abdias Nascimento, a Orquestra Afro-brasileira do maestro Abigail Moura, e o Teatro Popular Brasileiro, de Solano Trindade. Também do Brasil, com sua jovem aluna brasileira Eurides Batista, vem a bailarina e coreógrafa americana Katherine Dunham, que tem uma história triste para contar:

— Foi in Sam Paolo... eu me hospedarr in houtell, you know?

Eurides traduz:

— Foi num hotel em São Paulo, onde ela ia se hospedar...

— The man no... carpeta... dize que... I can't... because... the hotel was only for white people... — Miss Dunham começa a chorar. Eurides a consola e traduz:

— O homem disse pra ela que preto não pisava no carpete daquele hotel.

Aqui, uma dupla confusão. A coreógrafa tinha vindo de Cuba, onde "recepção" de hotel se diz *carpeta*. E Eurides traduziu com o que tinha em mãos. Mas o fato é que a grande Katherine Dunham tinha sido real e vergonhosamente discriminada e barrada em São Paulo, cidade barra-pesada. Mas houve a pronta intervenção do Itamaraty, para evitar um vexame maior. Então, depois dos competentes pedidos de desculpas, a turma do "deixa-disso" levou o assunto para o Congresso e, rapidinho, o Brasil ganhou a Lei Afonso Arinos, a primeira de uma série contra a discriminação racial e a exclusão do povo negro.

Racismos à parte, com esse saudável intercâmbio, Oiobomé aprimora sua literatura, consolida sua posição de vanguarda na música, no teatro e nas chamadas "belas-artes", e firma sua consciência étnica e política. Entretanto, apesar dessas múltiplas conquistas, mais uma vez a tragédia se abate sobre o país.

Voltando, numa noite de tempestade, de uma viagem a Oioçongai, ao preparar-se para aterrissar no antigo rio Amazonas e desembarcar o presidente e sua pequena comitiva no cais de Ganamali, o hidroavião presidencial, atingido por uma descarga elétrica, embica e projeta-se nas águas escuras, submergindo em poucos minutos.

Na tarde do dia seguinte, os corpos do presidente Apurinã, do piloto e de mais três pessoas são retirados das águas. Para um sepultamento simples e sem pompa, como o presidente desejou. Que as piranhas do rio se encarregaram de apressar.

Embora todos os templos vitalistas do país se preparassem para o que talvez entrasse para a História como o maior e mais bonito funeral afro-indígena já visto nas Américas, os esquifes nem puderam ser abertos e tudo foi feito muito rapidamente, para tristeza e frustração geral.

Contudo, durante nove dias e nove noites de sirrum, em todo o arquipélago, os tambores de choro verteram, na água dos porrões e das cabaças, o seu pranto de saudade, cavo e surdo, pelo descanso da alma do grande líder que partiu.

— Um líder que efetivamente industrializou o país, consolidando uma legislação social exemplar, harmonizando os interesses do campo e da cidade, fortalecendo o Estado e fazendo-o respeitado no concerto das nações. Um líder que elevou o nome de Oiobomé às mais excelsas alturas! — como discursa emocionada, pelas ondas hertzianas, uma voz que as interferências e "estáticas" infelizmente não permitem identificar.

Com a morte do presidente Apurinã, seu conselho de ministros assume o governo. Mas a conjuntura internacional é delicada: o Brasil acaba de perder tragicamente o maior presidente de sua História, grande amigo e incentivador do progresso de Oiobomé, e nuvens golpistas parece que começam a baixar sobre o gigantesco vizinho.

Mas o fato é que os ecos da turbulência política que vive o Brasil chegam a Oiobomé distorcidos. O que se diz é que, por conta de um tratado firmado com o governo peruano, tornando zonas francas alguns dos mais importantes portos fluviais da Amazônia, o "gigante da América Latina" vai tentar reanexar o antigo arquipélago de Marajó. Diante disso, o Partido Democrata resolve conspirar.

Em consequência, após dois meses de reuniões, onde pontificam o carisma e a força robusta e bem-humorada de Malvina Jackson dos Santos, a Casa Verde é tomada e o primeiro-ministro foge para a Guiana, assumindo Malvina seu lugar e dissolvendo o ministério.

Com a subida ao poder de Malvina Jackson dos Santos — que é neta por linha materna de um tetraneto do fundador — e convocada nova Assembleia Constituinte, Oiobomé promove sua primeira discussão sobre o modelo de Estado e a forma de governo que mais convém a seu povo. Assim, na grande casa legislativa, a Okambanda, o "templo da lei", os debates alongam-se por meses, acirrados mas elegantes:

— Não, Excelência! Não há como fixar um limite para a população de Oiobomé! Na Antiguidade, foram comuns os pequenos Estados, limitados até as cidades, como foi em Gao, Oyó, Ifé, Kanem, Kumasi... Mas houve também impérios imensos, como a China, a Pérsia... O crescimento populacional organizado é fator de progresso. E a história dos grandes impérios...

Quem fala assim é Iracema Traorê, doutora em antropologia, esguia e de movimentos precisos, os cabelos nem muito crespos nem muito lisos presos em coque no alto da cabeça, os olhos profundamente negros luzindo na pele azeitonada.

Mas a oposição se manifesta rápido, na fala da deputada Josefina Juquiá, que se levanta, dedo em riste. Já bem idosa, os cabelos brancos encaracolados prateando o rosto quase branco também, Josefina é a mais antiga das mulheres na Okambanda.

— A organização do Estado que queremos não pode seguir o modelo de nenhum reino do passado. A História não pode nos fornecer nenhuma solução aproveitável. Tudo aqui é novo, Excelências, tudo está por fazer. Por isso, temos que levar em conta as circunstâncias presentes e não as do passado.

A veterana Josefina é incisiva. E sabe do que está falando.

— Oiobomé não pode nem deve agasalhar pretensões imperiais, nobre deputada Traorê! O imperialismo não é uma contingência, e sim uma desnaturação dos princípios democráticos.

— O que eu quero dizer, ilustre colega — a Traorê esclarece —, é que, no mundo moderno, o que prevalece são os Estados com grandes populações. E Oiobomé tem território suficiente para abrigar mais do que o triplo de sua população atual.

— População excessiva, excesso de problemas, Excelência! Nossos antepassados indígenas não devastavam nossas matas por quê? Porque não tinham filhos em excesso. — A velha Josefina é cortante. Mas Iracema Traorê não se deixa abater.

— O nosso vizinho Brasil, tanto pelo crescimento natural quanto por sua política de imigração, em um século aumentou sua população de cinco para cinquenta milhões de habitantes.

Josefina encerra a discussão com um muxoxo de descaso, deixando no ar uma constatação polêmica:

— O Brasil só tem tamanho, menina!

Extremamente ativa, a presença feminina na Okambanda é muito expressiva nas diversas faixas etárias. E isso estimula, de várias formas, a atuação dos homens.

CONSTITUCIONALIDADES

Aos poucos, então, Oiobomé vai esboçando e desenhando seu perfil constitucional. Mas nem tudo ainda é tão pacífico que não motive mais alguns momentos de discussão acalorada. Principalmente quando se discutem os direitos da minoria de eurodescendentes que integra a população.

— Com todo o respeito que devoto a esta Casa, preciso expressar minha preocupação com a maneira, digamos, racista com que se está buscando a consolidação legal do Estado oiobomense. — Quem fala é Valdés Johnson, a quem o plenário ouve atento. Mas Josefina Juquiá quer falar também.

— Se Vossa Excelência me permite um aparte...

— É uma honra conceder um aparte a Vossa Excelência — Johnson sabe que Josefina vai lhe dar uma boa deixa.

— No meu modesto entendimento, Oiobomé só existe por circunstâncias históricas "raciais" — a veterana desenha no ar, com os dedinhos médio e indicador, as aspas, antes e depois da última palavra. — A revolução do saudoso e eterno líder Dos Santos foi feita para pôr fim à opressão dos brancos, do Brasil e de Portugal, contra os nossos antepassados indígenas e africanos.

— Vossa Excelência esquece de seus antepassados europeus — Peri De Rocaille resolve provocar, no que Josefina dá o troco.

— Essa minha ascendência é fortuita, foi obra do acaso, ilustre deputado. Tanto que eu jamais alisei meu cabelo.

Johnson retoma a palavra, para pôr ordem na discussão:

— Oiobomé já provou que negros e índios são construtores de civilização. Como foram tanto nossos remotos ancestrais africanos quanto os indígenas da Centro-América e dos altiplanos andinos. A partir de agora acho que devemos criar oportunidades para os outros segmentos também.

— Apoiado, amado colega! — Pacova Duchaise não se importa muito com o decoro parlamentar. — Os brancos deste país são sistematicamente excluídos dos benefícios sociais. E isso não é justo nem direito.

— A cada um segundo seus méritos! — A fala agora vem do fundo do plenário. E o agente do discurso é o obscuro Manuel Potiguá. — Se os brancos não querem estudar, produzir, aprimorar-se, subir na vida... o problema não é nosso.

— Eles são minoria. Uma ínfima minoria — faz coro o cafuzo Baré Mc-Rae, deputado por Afuá e descendente de barbadianos. — E nós não estamos aqui legislando para as exceções.

— *Data venia*, existem dois tipos de minoria, Excelências! — intervém o advogado Ubiratã Samori, com seu sotaque estranho, talvez fruto de problema na fala, em sua argumentação incompreensível. — Existe aquela minoria que pertence à nação e aquela outra que não pertence...

Ninguém sabe aonde Samori quer chegar. Mas todos sabem o que Oiobomé deve almejar.

— Encarar os brancos como uma minoria política e econômica é injusto e ditatorial — pontifica um moderado.

— Os avós deles escravizaram e colonizaram nossos avós. Agora é a nossa vez — responde um radical.

— Os brancos de Oiobomé encontram-se em situação social muito atrasada. Mas esse atraso pode virar a favor deles. E isso porque seu baixo nível de vida os protege de medidas anticoncepcionais e de planejamento familiar. Eles não controlam natalidade, o que favorece o seu crescimento. E vivem ociosamente nesse clima sempre quente... — Quem fala agora é Inajá Chalender, descendente de arubanos.

Valdés Johnson, preocupado com o rumo da discussão, começa a se impacientar:

— Com que, então, Vossas Excelências propõem uma seleção? Oiobomé vai eliminar aos poucos os indivíduos "inferiores" e facilitar o desenvolvimento dos tipos "superiores"?

Potiguá assume a responsabilidade por sua posição:

— No fundo é isso mesmo, Excelência. A presença de bons elementos étnicos para o cruzamento e a endogamia é fundamental. E os brancos, descendentes de gregos homossexuais e romanos degradados, não constituem um bom elemento étnico.

— E a seleção pretendida formará a raça capaz de criar uma grande civilização, ahn?! — Johnson ironiza. E a resposta de Potiguá vem no ato:

— É obvio, preclaro colega!

O grande jurista levanta-se, começa a vestir o paletó, preparando-se para deixar o recinto. E emite sua opinião, num misto de raiva e desencanto:

— Pois saibam quantos esses discursos ouviram que Vossas Excelências estão reproduzindo as teorias racistas mais odiosas, responsáveis muito recentemente por uma das páginas mais hediondas da História da humanidade.

Johnson sai. Mas o bom senso prevalece e a Okambanda entrega a Oiobomé diretrizes realmente democráticas de governo. Assim, institui-se o governo parlamentar, o qual, por pressão da bancada feminina, e em atenção à beleza, ao encanto, à pompa e à circunstância que sempre irão cercar o regime monárquico, faz coroar como rainha Sua Majestade Sereníssima Afra-Romana I, nascida Afra-Romana Apinagé dos Santos, elegendo-se como primeira-ministra a vibrante deputada Malvina Jackson dos Santos, companheira de Afra-Romana há mais de quinze anos.

— A rainha reúne em sua pessoa.... a vontade do povo... a vontade e a força do Estado... a vontade e a força do governo... além de sua própria vontade...

— Quando um rei quer ser absoluto... o melhor meio... que ele tem... para alcançar esse objetivo... é fazer-se amado... por seu povo...

— A monarquia... é um atributo... dos grande Estados...

Essas frases lapidares são proferidas pelo doutor Jacarandá dos Santos e seu colega professor Bartolomé Moré, os decanos do parlamento, todos com mais de cem anos de idade e monarquistas empedernidos. Mas eles falam sufocados por acessos de tosse. E tão baixo que ninguém ouve. Nem eles mesmos.

Estrategicamente ausente dos debates, por alegados motivos de saúde, Malvina — tão gorda e alegre quanto grande estrategista política — é neta do pranteado Cipriano Jackson dos Santos e de sua saudosa esposa Amália Jackson, que eram primos entre si e bisnetos do fundador. Nascida em Oioçongai mas criada no Brasil, na cidade de Salvador, foi uma das pioneiras da aviação na pátria de Santos Dumont.

Com menos de vinte anos de idade, a agora primeira-ministra recebeu, ainda no Brasil, o terceiro brevê de piloto concedido a uma mulher naquele país, fato que causou grande e negativa repercussão por se tratar de uma mulher negra, gorda, extrovertida e ainda por cima nascida na Amazônia. Apesar disso, Malvina conseguiu ingresso na aviação comercial, além de destacar-se na realização de arriscados voos acrobáticos.

Independentemente dessa faceta profissional, a "Jackson", como se fez conhecida, foi uma das precursoras do feminismo, representando a Bahia no I Congresso Feminista Internacional, realizado no Rio de Janeiro, ao fim do qual retornou a Oiobomé, onde ingressou na política partidária, sendo eleita deputada com ampla votação na primeira eleição democrática realizada no país.

Formada em Ciências Humanas e Sociais pela Universidade Federal da Bahia, mestra em Antropologia e doutora em Etnologia pela Universidade de Oiobomé, a Jackson, além de parlamentar, é professora, brilhante conferencista e escritora, sendo autora de obras de suma excelência acadêmica.

Já a rainha, Sua Majestade Sereníssima Afra-Romana I, estudou na escola de dança do Teatro Nacional, não chegando a se formar, pois foi ganhar a vida como corista do Cassino de Kanekalon, a antiga Bailique. Mais tarde, destacou-se como cantora no próprio cassino. Indo para o Amazonas, ingressou no elenco da PRH-4, Rádio Maués, onde foi por duas vezes eleita "rainha do Rádio". Regressando a Oiobomé por problemas nas cordas vocais, foi acolhida por sua amiga Jackson, com quem passou a residir, cuidando da casa e atuando como secretária para assuntos particulares. Dotada de fina e rara beleza, foi a modelo para a escultura que simboliza a Paz e que agora se ergue à entrada da Casa Verde, a sede do poder Executivo de Oiobomé. Apesar de seus admirados dotes físicos, Afra-Romana jamais se casou, tendo como príncipe consorte, para efeitos protocolares, seu sobrinho Eloá.

Afra-Romana, a inefável, reina mas não governa. Quem toca mesmo o barco e segura — como costuma dizer — "os búfalos pelos chifres", e todos os "abacaxis", é Malvina Jackson, com sua gargalhada espetacular e sua mão de ferro.

Um desses "abacaxis" é o movimento pelos direitos dos eurodescendentes, até então subterrâneo, e que agora já tem visibilidade. Sensível ao problema — já que no Brasil viveu, como costuma dizer, o outro lado da moeda —, depois de receber, em várias ocasiões, representantes do movimento caucasiano, a primeira-ministra põe mãos à obra. E, assim, decreta e faz implementar as necessárias políticas públicas para a total integração desse segmento minoritário no todo da sociedade oiobomense: facilita o acesso ao ensino em todos os níveis, inclusive através de cotas nas universidades; cria mais oportunidades nos empregos públicos e privados; garante habitação, saúde e transporte para todos. Desse modo, em pouco tempo começam a aparecer os resultados.

— Viu ontem a novela, Beulah? Aquela artista loura... Como é mesmo o nome dela?

— Qual, tia Nastácia?

— Aquela que sempre fazia papel de empregada...

— Ah! Sei... Mas ela tem nome?

— Claro, ué! Todo artista tem nome, Beulah! Eu é que não estou me lembrando agora.

— Mas o que que tem ela?

— Ah! Ela agora faz a amiga da Dorothy, da mocinha. Amiga íntima. E confidente.

Frequenta a casa, senta à mesa com a família...

— E a personagem dela tem uma família também?

— Não! Isso não mostra, não! Ela só aparece na casa da Dorothy. E sai com ela. É a primeira vez que uma artista branca...

— Eu, hein! Loura? Tsc, tsc... Daqui a pouco o autor vai botar ela roubando o namorado da amiga. Já pensou?

Mas Oiobomé vai se estruturando.

As riquezas de seu solo, por exemplo, embora fartas, foram sempre exploradas através de métodos poucos científicos e antiquados, deixando-se ao prazer da aluvião dos rios a dádiva dos cristais, nas areias e cascalhos trazidos para as margens e colhidos nas bateias da tradição. Assim, pouco a pouco os rios vão se aborrecendo, ficando sovinas ou preguiçosos, e a riqueza começa a desaparecer.

As grandes companhias internacionais de mineração, porém, sabem que a riqueza adormecida no íntimo do solo oiobomense é incalculável. E querem trazer para cá suas técnicas e ciências, com promessas mirabolantes.

Entretanto, a primeira-ministra se antecipa. E sobrevoando, ela mesma nos manches, as vastas terras e águas entre Ganamali, Popolomé e Oioçongai, descobre que aquele solo abençoado lá embaixo abriga muito mais que trinta kimberlitos.

— Bem, Excelência... Kimberlitos são peridotitos ricos em olivina e flogopita que formam diques, sílices e chaminés, aparecendo quase sempre brechados — pontifica, cioso de sua ciência, mas bastante afetado em sua voz fininha, William Grandson dos Santos, o maior mineralogista de Oiobomé.

Jackson, porém, irritada com o que ouve, faz uma súbita pirueta e põe o avião de cabeça para baixo. William quase morre de susto. E ela ordena:

— Traduz, porra!

William quase não pode falar. Mas o avião volta logo ao normal.

— Os... kimberlitos... Excelência... são formações... rochosas... subterrâneas que, quando afloram à superfície do solo trazem consigo os diamantes. Ufa!

O mineralogista, de preto que é, sai do avião cinzento, suando frio, andando devagarinho, apertando as pernas. Mas é através dele que Oiobomé fica sabendo que as jazidas diamantíferas da África do Sul, que são as maiores do mundo, só têm no máximo um kimberlito cada uma. E que as daqui, bem-exploradas e administradas, vão render aos cofres oiobomenses uma média de um bilhão e meio de dólares por ano. O que realmente acontece.

E, à medida que o sonho diamantífero vai se tornando realidade, é também sob as ordens de Malvina Jackson que o ministro do Abastecimento vai ao Japão e traz de lá informações técnicas que logo transforma em importante programa. Através dele, Oiobomé logo suplanta o Peru como o maior país pesqueiro e exportador de pescado da América do Sul, conforme dados da FAO, Organização Agrícola e Alimentar das Nações Unidas.

E nessa Oiobomé rica, moderna e cosmopolita, o esporte vem sendo bastante incentivado desde o governo do grande presidente Apurinã, ele próprio um atleta de talento. E assim, o basquetebol americano, o beisebol cubano e o futebol brasileiro já contam com grande número de admiradores, podendo ser considerados os preferidos das massas.

É então que, eliminada nas quartas de final da Copa do Mundo pela seleção húngara, a equipe de futebol do "Gigante da América Latina" é convidada para um amistoso contra a de Oiobomé. E, aí, dá-se um fato curioso: a Confederação brasileira, sempre ciosa de sua imagem e apoiada pelo Ministério das Relações Exteriores, envia uma delegação, sem dirigentes, médicos ou políticos, e na qual todos os integrantes são pretos ou mestiços. Ela é chefiada pelo massagista, um negrinho lépido, falante, de cabeça rapada e ex-pugilista. O treinador é um ex-tenente da Marinha, gordo, frasista, bonachão e sempre de boné tipo inglês.

— É... os "moço branco", os "cartola", mandam e eu obedeço — diz ele à imprensa, num misto de tristeza e ironia.

Mas o fato é que a equipe brasileira (com Veludo, Djalma Santos e Pinheiro; Bauer, Dequinha e Brandãozinho; Maurinho, Didi, Baltazar, Rubens e Rodrigues), embora sem o mínimo de treinamento, não faz feio. E consegue envolver a inexperiente equipe da casa, vencendo por 3 x 0. E vence com um gol de cabeça do *center-forward* Baltazar, depois de um incrível drible e um lançamento espetacular de Rubens; com um tiro certeiro e violentíssimo do extrema-esquerda Rodrigues; e, por fim, numa cobrança de falta, estranhamente realizada pelo meia Didi, com um chute em que a trajetória da bola desnorteia o *keeper* oiobomense.

— Poxa, você viu que estranho? A bola descreveu uma elipse e depois caiu, feito um balão apagado.

— Feito uma folha seca, meu caro.

— É verdade!... Feito uma folha seca...

O próprio Didi não entende direito o que fez. Mas gosta. E resolve incorporar aquele toque de bola a todas as faltas que cobrar a partir daquela inesquecível tarde oiobomense.

O COURO COME

Mais algumas décadas se passam e a cultura brasileira novamente visita Oiobomé. É no carnaval, festa que, desvinculada da tradição católica, os locais promovem no tríduo que vai de 30 de outubro a 1º de novembro, data de nascimento do Líder Imortal, Domingo dos Santos.

O carnaval de Oiobomé, como em quase todas as Américas, tem como base um modelo africano. A festa só é aberta após a propiciação dos ancestrais e a purificação dos tambores na Grandinene Ocailê. Após essa cerimônia, o governante, seja ele rei ou presidente, recebe uma representação de todos os habitantes do país, enquanto o genealogista do palácio recita os feitos heroicos e edificantes de todos os governantes falecidos. Então, é aberta a festa popular, com muito canto, muita dança, muita alegria, permitindo-se algumas pequenas transgressões, como críticas ao governo e aos costumes, além de consumo moderado de álcool, chá de ipadu e outros excitantes leves.

Realizando um velho sonho popular, os órgãos de turismo da capital trazem a Ganamali, no carnaval, uma escola de samba brasileira. Os oiobomenses — que não sabem nada sobre Veneza — não entendem bem como se pode fazer um carnaval só de luxo e riqueza, com uma alegria fingida e danças coreografadas. E pagam para ver.

A agremiação brasileira traz à avenida Presidente Dos Santos um enredo sobre antigas civilizações marajoaras, realçando o seu mundo místico. E é realmente impactante a entrada triunfal da escola, com seu foguetório, sua batucada contagiante, seus brilhos e luzes, o luxo de seus trajes e a beleza escultural de suas mulheres seminuas.

No meio do desfile, entretanto, manifestantes invadem a pista, portando faixas e cartazes e gritando palavras de ordem contra a exclusão dos negros no país vizinho, contra a desafricanização do samba e contra a submissão da música popular brasileira ao padrão único ditado pelas corporações multinacionais e pela indústria cultural de massa.

Sentindo-se agredidos, os dirigentes da escola de samba sacam armas de grosso calibre, mas são rápida e felizmente contidos pelos bem-treinados integrantes da milícia nacional. No dia seguinte, os dois maiores jornais que circulam em Oiobomé, um da capital, outro de Belém do Pará, noticiam o fato, um contra e o outro a favor das manifestações.

"ESCOLA BRASILEIRA ENSINA O QUE NÃO DEVE" — diz o local.

"SAMBA PÕE CRIOULOS DOIDOS EM OIOBOMÉ" — diz o paraense.

Ainda sob os efeitos desse carnaval deslumbrante, mas que quase gera mais um incidente diplomático, a primeira-ministra lê numa revista africana, que lhe chega pontualmente de Paris a cada trimestre, um texto inquietante, sobre o qual a revista se exime de responsabilidade, mas que a certa altura diz o seguinte:

Ainsi à Cuba il n'y a pas d'Afrocubains dans les affaires de la "dictature du prolétariat" e du "gouvernement du peuple". ("Em Cuba não há afro-cubanos à frente da 'ditadura do proletariado' e do 'governo do povo.'")

Malvina Jackson não acredita no que lê. Ela conhece pessoalmente o negro Juan Almeida, um dos mais destacados líderes da Revolução Cubana; conhece Cartaya, Agramonte, Montejo... E sabe também que, em seu primeiro discurso sobre o assunto, o comandante, embora tenha visto a educação como a solução para o problema racial, também disse (ela sabe de cor):

...para hacer justicia, digo que la cuestión de la discriminación no es cosa solamente de hijos de aristócratas. Hay gente muy humilde que también discrimina. Hay obreros que también padecen de los mismos prejuicios de que puede padecer cualquier señorito adinerado, y esto es lo que resulta más absurdo y más triste... lo que debe obligar al pueblo a meditar. ("... para fazer justiça, digo que a questão da discriminação não é coisa só dos filhos da aristocracia. Existe gente muito humilde que também discrimina. Há operários que também sofrem os mesmos preconceitos que pode sofrer qualquer rapazinho endinheirado, e isto é que é o mais absurdo e mais triste... e que deve obrigar o povo a meditar.")

Jackson pensa. E resolve não enviar ao comandante o telegrama que planejara. Prefere, então, telegrafar a Luther King, com cópias para Malcolm X e Huey Newton, enviando a mensagem seguinte:

"CONTEM COM OIOBOMÉ PRA O QUE DER E VIER. VENTO QUE VENTA AÍ VENTA AQUI TAMBÉM. PAU QUE DÁ EM CHICO TAMBÉM DÁ EM FRANCISCO."

Os agentes da CIA custam a decifrar aquela mensagem em código. Mas um deles, que serviu no Brasil, consegue traduzir o texto de altos teores revolucionários. E, aí, três dias depois, numa brumosa madrugada, os perfis acinzentados de um couraçado, três contratorpedeiros, um cruzador ligeiro, cinco corvetas (em cujos cascos se lê a sinistra marca "US NAVY"), canhões assestados na direção de Oiobomé, surgem, aparentemente imóveis, nas águas da baía de Marajó.

Entretanto, com a mesma presteza da CIA, também três dias depois dessa visão apolítica, já está em Ganamali, um homem estranho.

É um negro alto, musculoso, bigodudo, jeito de estivador, que veste um abadá iorubano, mas na cabeça, em vez do eketé ou do filá, traz um boné inglês, da marca Kangol. Quando fala, em seu espanhol quase incompreensível (*Fíjate! Coño! Candela!*) cortando, *com su cubanía, como que la mayor parte* das consoantes das sílabas finais, o *chévere, muy guapetón*, mostra os dentes incisivos revestidos de ouro. E no pulso esquerdo traz uma tripla pulseira de miçangas verdes e amarelas.

É cubano o negrão. Santero. De Santiago. E veio, a pedido da primeira-ministra, para, numa consulta a Orula, "*registrar*" Oiobomé, para, como diz, mandar "*gbogbo osobo aunló*".

A primeira-ministra sabe o que Barbarito Vaillant — este o nome do negrão, meio cubano, meio haitiano — quer dizer. E depois de tudo ter sido feito como manda o figurino, com o sacrifício de um búfalo pelo couraçado, três carneiros pelos contratorpedeiros, um bode pelo cruzador ligeiro e cinco galos para cada corveta, Oiobomé dorme tranquila o sono dos justos, enquanto alguns oiobomenses, de consciência pesada, fogem, com medo, para Miami.

Feitas em honra da memória de Francisco Domingo Vieira dos Santos, as cerimônias apaziguam seu espírito inquieto. E isso porque, embora toda hora invocado em cada discurso, em cada tirada demagógica como "líder imortal", "saudoso presidente", "pranteado comandante", o escambau a quatro, o egum do fundador há mais de 150 anos não recebia um charuto, um golinho de tiquira, de cachaça, de rum, ou uma simples xícara de café. E por isso estava zangado. E por isso falou com Olokum, que também se irrita facilmente; e falou com os caruanas, com Maria Jardelina, com o rei Sebastião, e com outros encantados, para, juntos, darem um susto em Oiobomé. E aquela presença da U.S. Navy, com suas belonaves apinhadas de *mariners* prontos para desembarcar e acabar com tudo, tinha sido apenas uma visão. Um delírio de uísque Johnny Alf — o preferido da Jackson. "Uma ilusão à toa", como disse a legendária cientista médica e ialorixá Eufrásia Teodora, que conhecera Barbarito Vaillant em Dacar, Senegal.

Retornando de um congresso de psiquiatria e neurologia ocorrido em Paris, mãe Eufrásia desembarcou na capital senegalesa para o I Festival de Arte Negra. Escalada para apresentar-se no Estádio Nacional, com um grupo de iaôs e alabês cantando e dançando músicas rituais, impressionara profundamente o cubano, por sua vitalidade e por sua desenvoltura linguística; e eis que cantou em iorubá e saudou o povo com uma rápida fala em uolofe, a língua da maioria dacarense.

A convite de Vaillant, Eufrásia foi até Ketu, no Benin, onde os dois visitaram autoridades religiosas e fizeram oferendas a orixás e voduns. E, de suas longas conversas e troca de conhecimentos, foi que os reais problemas de Oiobomé foram percebidos e as soluções, apontadas. Mesmo porque uma das mais fiéis e devotadas filhas de santo de mãe Eufrásia Teodora, ialorixá e doutora em psiquiatria, é a alegre e extrovertida Malvina Jackson, que hoje, entretanto, acordou azeda, de calundu. Puta da vida:

— Essa porra dessa "democracia representativa" sempre foi uma farsa! E essa merda desse capitalismo não tem nada a ver com a democracia. O princípio da representatividade, caceta, não pode existir entre desiguais!

A fala destemperada de Malvina Jackson diante do Conselho de Ministros, sem o mínimo de decoro, é adrenalina pura, um choque de milhões de volts.

— O rico não pode representar o pobre, porra! — grita ela dando um soco na grande mesa; um soco tão forte que os lustres da grande sala chegam a balançar. — O rico vai legislar sempre de acordo com os seus interesses e "aqui ó" nos pobres. Esse negócio de "democracia representativa" aqui não cola, não, meus camaradinhas. E fim de papo!

Com esse veemente pronunciamento em cadeia nacional de rádio e tevê, dito por alguém que dotou seu país de uma estrutura em que há um professor para cada dez alunos, um médico para cada vinte habitantes, em que o ingresso de cinema equivale a cinco centavos de real, em que museus, exposições e concertos são inteiramente gratuitos; com esse pronun-

210

ciamento dito por alguém que é adorada por seu povo quase como uma santa, Malvina Jackson dissolve formalmente o Congresso, aposentando os congressistas com remuneração integral e vitalícia, além de direitos a todos os benefícios da Seguridade Social.

E, finalmente, passa a governar Oiobomé tranquila, ao lado de Sua Majestade Seveníssima.

DOMINGA

Já no tempo do presidente Da Glória discutia-se a transferência da capital do país de Ganamali, na antiga ilha de Gurupá, para o Atlântico. O motivo principal era o melhor escoamento das riquezas. Assim, a cada governo, um pouco foi feito, com o material de construção trazido primeiro por juntas de bois, depois por navios cargueiros e agora até por via aérea.

No início, os trabalhadores moravam em choupanas no meio da mata. E muita gente sucumbiu às doenças tropicais. Entretanto, a cidade foi sendo ordenadamente feita e ocupada. E também aos poucos foram sendo banidos, e só tolerados nas áreas rurais, velhos costumes e características, como veículos de tração animal, hortas, fogueiras, e hábitos antissociais e nocivos à saúde, como cuspir no chão e urinar nas vias públicas.

A mudança da capital para o Atlântico é, então, um sonho que os dirigentes oiobomenses acalentam desde o século anterior. Assim, concluído o projeto da nova cidade ainda no governo do presidente Da Glória, lançada sua pedra fundamental e iniciada a construção sob Apurinã, e concluída, sem alarde, no governo Jackson, a mudança agora se concretiza.

⬡

Vista assim do alto, Dominga, cujo nome evoca o líder imortal de Oiobomé, oferece aos olhos a visão de uma das cidades mais modernas e progressistas das Américas e do Caribe.

"Com uma área territorial de 3.051 quilômetros quadrados, distribuídos entre Oioçongai, a antiga Soure, e Tumbongola, ela se localiza no litoral nordeste do país, no 'chifre de Oiobomé', a oeste da entrada da baía de Marajó. De clima tropical úmido, tem como principais atividades o trabalho portuário, o comércio, a pesca e o turismo.

"O porto de Dominga, administrado pela Companhia Docas Nacionais, conta com mais de dez quilômetros de cais, por onde são exportados os produtos da terra, e com um moderno terminal turístico de passageiros. Em toda a orla, o visitante tem a seu dispor os mais importantes selos e marcas, tanto da rede hoteleira internacional quanto do circuito globalizado da moda e da gastronomia. E, em plena floresta, funcionando dentro de reservas naturais, o Jardim Botânico, o Aquário e o parque Zoológico são também excelentes opções de lazer."

Essa fala, sublinhada por uma envolvente trilha sonora, é o áudio de um programa transmitido à comitiva de autoridades e turistas estrangeiros, no barco que navega mostrando a cidade. Os ouvidos de Malvina Jackson, entretanto, estão em outra frequência:

"Quando Odudua, o pai de todos os iorubás, morreu já bem velhinho, seus filhos partiram, cada um em uma direção, para povoar e civilizar o mundo. Um deles, Oraniã, depois de muito cavalgar, chegou ao Bornu, terra do povo Baribá, onde consultou um adivinho sobre o melhor lugar para se estabelecer e fundar uma aldeia. O adivinho, então, pegou uma cobra e colocou-a rastejante no chão, mandando que o filho de Odudua a seguisse, e dizendo que onde ela parasse por sete dias, desaparecendo em seguida, ali seria o lugar para fundar a nova aldeia de seu povo."

— Antes de chegar o porto, tudo isso aqui era um pantanal só. E quem mandava era Chico Borduna, um índio assim da cor do cobre sujo. No princípio, ele ganhava o pão de cada dia manejando uma pá, como ajudante de pedreiro ou de lavrador na roça. O coitado botava os bofes pra fora, trabalhando das seis às seis para ganhar um salário de duas a três moedas e levando a vida na cachaça. Mas, um belo dia, Chico apareceu aqui todo pimpão, de sapato e paletó, e, sem que ninguém soubesse onde tinha arrumado aquilo, passou a emprestar dinheiro pra nós, com juros de vinte por cento.

Quem conta essa história é uma mulata velha, magrinha, toda de preto, com um jeito muito bom para contar histórias. Mas nosso tempo é curto. E a história tem mesmo é que ficar pela metade. Ouçamos o que diz o texto da propaganda oficial:

"Dominga, a capital de Oiobomé, dispõe de uma completa rede de esgotos, inclusive um emissário submarino de quatro quilômetros de extensão, galerias fluviais e canais de drenagem, tudo construído para evitar a incidência e a disseminação de qualquer tipo de doença tropical. A cidade se irradia a partir do extenso bulevar Bolívar e da ampla praça Tiradentes, dividindo-se em vinte e sete bairros, todos com nomes que evocam heróis nacionais, além de personagens, instituições ou passagens marcantes da vida africana e indígena em todo o mundo: Alexandre Dumas, Ataualpa, Black Hawk, Casa Branca, Dalcídio Jurandir, Du Bois, Diacuí, Gantois, Garífunas, Haiti, Hatuey, Jerônimo, Juliano Moreira, Juruna, La Escalera, Little Richard, Luiz Gama, Luther King, Nunes Pereira, Palenque, Palmares, Patrocínio, Rebouças, Samba, Seminoles, Touro Sentado, Teodoro Sampaio e Timbó."

— Mas as casas são todas padronizadas. — Malvina Jackson está sendo entrevistada por uma emissora estrangeira de televisão. — Porque uma casa pode ser grande mesmo sendo pequena. Enquanto as casas vizinhas forem iguais a ela, está tudo bem. Mas, se um palácio for construído ao lado dela, ela será vista como um barraco, como um atestado de que seu morador não pode exigir nada, nem mesmo as coisas mais simples. E quem diz isso não sou eu, não! É um filósofo alemão do século XIX — conclui a primeira-ministra. Mas já de novo ouvindo na frequência de misteriosos tambores batá:

"Oraniã seguiu a serpente até o alto de uma montanha, num solo escorregadio. Quando subia, seu cavalo escorregou e quase caiu num despenhadeiro. Mas Oraniã conseguiu chegar até onde estava a serpente e ali ficou com ela sete dias e sete noites. Então, viu que era ali que devia fundar sua aldeia. E o fez. E a chamou Oyó, que quer dizer 'lugar escorregadio'. E assim nasceu Oyó, a grande capital dos iorubás."

— De antes, isso aqui era tudo mata. Tudo do coronel Capistrano. O coronel tinha um ajudante conhecido como Pipoca, que fazia a barba dele com uma navalha cega e deixava a cara do coronel toda lanhada. Mas o coronel parece que gostava daquilo e só reclamava na hora, xingando o barbeiro de "seu filho disso", "seu filho daquilo", mas acabava dali tava tudo bem e três dias depois era tudo de novo. O ajudante barbeiro era de Breves e diziam que tinha nascido no mesmo bairro e no mesmo ano que o coronel. E diziam que, quando crianças, eles tinham andado juntos pelo mato. O caso é que o coronel tratava ele quase como um irmão. Mas o tal do Pipoca era analfabeto de pai e mãe, nunca tinha pegado um livro. Mas, quando pegava uma viola, a bichinha na mão dele só faltava falar. E aí ele tocava e dançava, empinando a bunda. E o coronel ria de não se poder mais. Outras coisas em que Pipoca era bom era roubar no jogo de dados e brigar de faca, principalmente por causa de mulher. Ah, como ele gostava! E, confiando na amizade do coronel, ele se metia em confusões a torto e a direito. Assim, volta e meia o coronel tinha que ouvir queixa de malfeitos de Juca Pipoca. E aí o coronel só fazia rir e dizer: "Esse Pipoca!"

Engraçado, como o povo aqui gosta de contar histórias. Sem que a gente pergunte, de repente cá está um desfiando o novelo. Como esse velhinho com cara de safado. Que, para mim, pelo jeito que conta, saboreando cada safadeza, ele mesmo é que é o Juca Pipoca. Tão safado que nem dá bola para a voz gravada do locutor oficial:

"Cidade inteiramente planejada, Dominga obedece a um traçado radial. Todas as ruas e avenidas convergem para a ampla praça central, onde se erguem majestosos a nova Casa Verde, o novo Grandinene Okailê e os belos edifícios da administração pública, todos projetados pelo arquiteto Oscar Nimuendaju dos Santos."

O passeio é lindo. A cidade é encantadora. Mas os ouvidos de Malvina Jackson insistem em ouvir a outra voz:

"*O grande ancestral do povo Ewe, vizinho dos iorubás, foi Agaçu. E, quando ele morreu, seus filhos, assim como os de Odudua, também se espalharam pelo mundo. E, passados muitos anos, um de seus descendentes, primeiro chamado Dobragri e mais tarde Uebadjá, com muitos filhos, teve que pedir a vizinhos terra para poder alojá-los. Um desses vizinhos, chamado Dan, atendeu-o, mas com um pedaço de terra muito pequeno. Ante a reclamação de Uebadjá, Dan, que era muito gordo, disse-lhe, pilheriando, que ele construísse a casa dos filhos ali, sobre seu ventre...*"

"As radiais norte, nordeste e noroeste", prossegue a bem timbrada voz oficial, "levam ao mar; a leste e a oeste levam, respectivamente, aos rios Tocantins e Amazonas. E as demais conduzem ao centro do arquipélago. Entretanto, a grande conquista dos oiobomenses veio com a ligação entre os rios Atuá e Anajás, constituindo uma via navegável contínua, uma moderna hidrovia, possibilitando que os produtos fabricados na parte central do país cheguem aos Estados Unidos e à Europa através do porto de Dominga, de forma bastante competitiva devido à redução dos custos de transporte."

Mas a Jackson, olhos fechados, está muito longe:

"*A ironia de Dan deixou Uebadjá profundamente ofendido. Então, assim que o gordo arrogante se descuidou, o bisneto de Agaçu o matou. E, depois de ele enterrado, ergueu a casa de seus filhos bem em cima da cova. A casa então se chamou 'Dan ho me', que quer dizer 'sobre o ventre de Dan'. E ao redor dela cresceu uma aldeia, depois a cidade de Abomé. Que deu origem ao poderoso reino chamado 'Daomé', 'Dan ho me'... 'No ventre de Dan'.*"

E é misturando em sua cabeça esses relatos míticos com a propaganda de seu governo e a conversa dos velhos que Malvina Jackson agora se encontra. Ao lado de Sua Majestade Sereníssima, que ternamente abraça.

Mas logo volta à terra, com sua estrondosa gargalhada, mostrando à rainha, da janela do terceiro andar do palácio, o imenso horizonte que se abre à frente das duas, dizendo tentadora:

— Agora, minha rainha, Oiobomé é toda sua! Me governa, anda! Me governa!

EPÍLOGO

Hoje, Oiobomé, o terceiro país a se tornar independente nas Américas, abrigando em seus quarenta mil metros quadrados de território, uma população de 5,3 milhões de habitantes, sendo 57% pretos, 40% afro-mestiços (principalmente caboclos), 3% indígenas e 1% de outras origens, inclusive europeia. Já foi república e hoje é uma monarquia constitucional e hereditária, regida pela Carta Constitucional promulgada em 9 de maio de 1953. O soberano, que não tem poder político pessoal, governa com a assistência de um parlamento, o Padeoka (literalmente, "casa de reunião de todos"), que se compõe de uma câmara única, a Ollbanto, composta por 144 membros, eleitos por um período de cinco anos. O poder Executivo é exercido pelo Alansi, o rei (ou rainha), através de seus ministros, liderados por um primeiro-ministro; e o Legislativo é também por ele exercido, juntamente a esse mesmo Conselho de Ministros.

O idioma oficial é o oiobomês, que tem como base estrutural o português, permeado de palavras do fongbé, do iorubá, do quicongo e do tupi, mas que, curiosamente, não guarda nenhuma semelhança com outras línguas que o português ajudou a formar, as quais conservam entre si traços de identidade e semelhança, como é o caso do crioulo de Cabo Verde e da Guiné e desses com o papiamiento de Curaçao e Bonaire.

Quanto a religião, 91,6% dos oiobomenses seguem a religião do Estado, que é o vitalismo, em todas as suas modalidades e confissões. Os demais 0,4% são católicos ou espíritas kardecistas.

Geográfica e administrativamente, Oiobomé é uma federação, dividida em catorze municípios, cada um com seus distritos; além do município de Ganamali, onde se situa a capital, de mesmo nome. Sua moeda é o escudo oiobomense, cuja cotação em relação ao dólar permanece estável, há muitos anos, em 7,57. O PIB é de US$ 162,3 bilhões; o PNB per capta é de US$ 32.100; e o IDH (ranking/valor) é de 15/0,905. Seu Exército tem quatro mil homens, a Marinha, doze mil e a Aeronáutica, quatro mil, efetivo com o qual o país gasta US$ 2,4 bilhões por ano.

Em Oiobomé, ameríndios e descendentes de africanos, bem como os mestiços das várias origens, são rigorosamente iguais perante a Lei. Mas é facultado àqueles indígenas que desejem conservar seus laços ancestrais a permanência em seus locais de origem, fora dos núcleos urbanos, vivendo da maneira que melhor lhes aprouver e estabelecendo, eles próprios, os critérios de pertencimento a esse ou àquele grupo. Para o povo Caxuctire, por exemplo, são membros de seu grupo qualquer pessoa que possua qualquer porcentagem de sangue caxuctire. Já os maoptires estabelecem essa porcentagem em 25%, da mesma forma que os abatucajés a fixam em 50%. Mas, de qualquer forma, todos os indígenas são cidadãos oiobomenses, o que se observa nos nomes de alguns presidentes e altos funcionários do governo, desde o tempo de Benedito Mundurucu.

No Reino Vitalista de Oiobomé, onde o ensino básico é ministrado em horário integral e regime de internato, quem não estuda, trabalha. Seis horas por dia, seis dias na semana, com direito a férias anuais de vinte dias. Aposentadoria antes dos setenta anos só em caso de incapacidade física ou mental para o trabalho. E feriado, só no dia 1º de novembro, dia de Todos os Dos Santos.

Veja-se, por fim, que, em Oiobomé, não existem analfabetos; a televisão, sempre digital, não exibe filmes que ensinem a matar nem programas que imbecilizem; os videogames são exclusivamente educativos e a internet é apenas um veículo destinado à comunicação e ao estudo.

A saúde, no país, é responsabilidade do Estado, e vícios como os do álcool e do fumo foram erradicados há mais de vinte anos. Recentemente o governo divulgou a descoberta de vacinas contra o câncer, a aids, a dengue e a hepatite C; e a cura da anemia falciforme já está sendo anunciada.

Quanto às uniões maritais entre pessoas do mesmo sexo, com o tempo foram se tornando normais e hoje estão previstas e amparadas pela lei. Mas o homossexualismo é visto apenas como uma questão íntima e pessoal e não como um propulsor do consumo ou uma fonte de divisas. E no que toca à criminalidade, o último delito ocorrido foi o roubo de um exemplar do livro *A utopia*, de Thomas Morus, no dia 9 de maio de 1942.

Esta, então, é a Oiobomé. Dos meus amores! De todos os Dos Santos!

Este livro foi composto em Arno Pro e
impresso pela Ediouro Gráfica sobre papel pólen soft 70g
para a Agir em maio de 2010.